「何度生まれ変わっても、
俺が必ずおまえを見つけてやる」
「うん……
銀夜、大好き」

Contents

あやかしの守り姫巫女は大神様の花嫁

鬼を封じる愛の結び

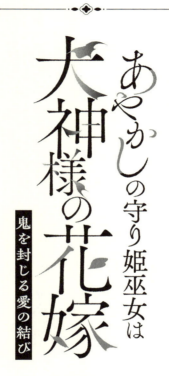

◆プロローグ

「やっと、会えたね」


息を切らしてたどり着いたその先には、紅葉したもみじが一面に広がっていた。

紅葉するにはまだ少し早い気がするけど。

私の力に反応するように紅《あか》く輝いて見えるその光景は、とても幻想的で美しい。

「そんなに焦《あせ》らなくても、俺はいなくなったりしない」

「もう、私の手を離さない？」

「ああ。今度は絶対離さない」

「……約束、だよ？」

彼とは昨日も一緒にいたはずなのに。

愛しいその人に数百年ぶりに会えたような気がして、私の瞳から涙がこぼれそうになった。

真っ赤なもみじに囲まれて、その中にぽつりと立つ彼の白銀色の髪がとても美しくて。

私には、彼がお伽噺《とぎばなし》の中から出てきた神様に見えた。

「何度生まれ変わっても、俺が必ずおまえを見つけてやる」

「うん……、銀夜《ぎんや》、大好き」

溢《あふ》れた涙を拭《ぬぐ》って彼に駆け寄ると、銀夜は嬉しそうに口角を上げて私を抱きしめてくれる。

「俺も。もう二度と離れない」

銀夜が一緒なら、私はなんでもできるような気がした。

恐れるものは、もう何もない——。

◆あやかしの住まう世界

「椛《もみじ》、おまえは俺の花嫁だ」

「そう、花嫁」

「……」


「は……、花嫁？」

突然、知らない世界に飛ばされたと思ったら。

知らない男の人から、突然のプロポーズ。

……いや、これはプロポーズなんていう、ロマンチックなものではない。

強制的に言い切った彼の自信たっぷりの表情に、私はすぐに言葉を返せない。

もう、わけのわからないことが起きすぎて、私の頭の中は混乱しているというのに。

白銀色に輝く美しい髪を風に揺らしながら、透き通った宝石みたいな青い瞳を私に向けて。

彼は一言、はっきりとそう告げた。

とても自信に満ちた表情で、満足げに。

私には意味がわからなかったけど、彼は己を信じるかのようにまっすぐ前を見ていた。

だから不安でいっぱいだったこのときの私は、そのあまりにも堂々とした姿に、彼を頼もしいとすら感じてしまったのだ。

人間離れしたその顔が本当に美しくて。

もしかしてこの人は神様なんじゃないかって、馬鹿なことを一瞬考えた。

だけどこの人についていけば大丈夫と――、彼は私にそう思わせてくれた。

きっと私は、このときの銀夜のことを、この先も一生忘れることはない――。

*

――話は、二日前に遡《さかのぼ》る。

「ねぇお姉ちゃん。まだ着かないの？　私もう歩けないんだけど」

「もう少しよ、頑張って」

「これだから田舎って嫌なのよ」

「……」

だったらついてこなければよかったでしょう？

先ほどから不満ばかりこぼしている妹に、そんな言葉を呑み込んで。

私は内心で溜め息をつきながら、のどかで平和な、懐かしいこの道を歩いた。

高校を卒業したばかりの春休み。

この休みを利用して、私、神崎《かんざき》椛は、同い年の幼馴染である宗《そう》ちゃん――秋守宗太《あきもりそうた》と、一つ年下の妹、愛琉《あいる》とともに、祖母の家に遊びに行くことになった。

私は小学生の頃まで、母と祖母と、この田舎に住んでいた。

父は都会で働いていて、両親はずっと別居していた。

愛琉はそんな父と一緒に都会で暮らしていたのだけど、六年前に母が亡くなってから、私もこの田舎を離れ、都会にいる父と暮らすようになった。

けれど数年ぶりに一緒に暮らすようになった愛琉は、とても我儘《わがまま》に育っていた。

「ねぇ、本当に疲れた。足も痛いし、もう歩けない！」

「愛琉ちゃん、僕が荷物を持ってあげるから、もう少し頑張って」

「本当？　宗太君優しい！　ありがとう～！」

宗ちゃんは本当に優しい。

しゃがみ込んでしまった愛琉に宗ちゃんが声をかけると、愛琉はぱぁっと笑って大きなトランクを彼に押しつけた。

……一体、そんなにたくさん何を持ってきたのかしら？

宗ちゃんも中学を卒業するまではこの村に住んでいて、高校から私と同じ都会の学校に進学した。

この田舎には山と川くらいしかないし、「愛琉は来ても楽しくないと思うよ」と言ったのに、一緒に行くと言って聞かなかったのは彼女だ。

今回は、祖母から〝どうしても会いたい〟という趣旨の手紙をもらったから、里帰りする宗ちゃんと一緒にこの村に来ることにしたのだった。

＊

祖母の家に着いた翌朝。

食卓に並べられた山菜や野菜中心の朝食を見て、愛琉が盛大に溜め息をついた。

「えー？　今日も野菜ばっかり……」

「ごめんね、愛琉好みの食事を出せなくて」

「昨日も肉がなかったのに」

「すごく美味しそうだよ、おばあちゃん。愛琉、魚は今朝さばいたばかりのものだし、この野菜は採《と》れたてでとても美味しいのよ？　いつも食べているものとは違うから、食べてみて」

「魚って骨があって食べにくいから嫌い」

「もう……、我儘言わないで」

「我儘じゃないもん」

はぁー、と大きく溜め息をついてから、〃いただきます〃も言わずに愛琉はずずっとお味噌汁を啜《すす》った。

色んな種類のきのこが入っていて、すごく美味しいのに。

愛琉は「私、きのこ嫌い」と言ってすべてのきのこを残した。彼女がどれだけ好き嫌いが多くても、せめて祖母の前では感謝の気持ちを見せて欲しいと思ってしまう。

私は祖母が作ってくれる料理が好きだから、全部食べ終え、箸を置く。

「ごめんね、おばあちゃん。せっかく作ってくれたのに」

愛琉の代わりに申し訳ない気持ちを伝えると、祖母は優しく微笑んでくれた。その笑顔は昔と変わらない、穏やかであたたかく、心が安らぐものだった。

「いいのよ。食べたくないなら食べなくて。——でもねぇ、愛琉」

祖母の声が急に真剣なものに変わった。その目は愛琉をまっすぐに見つめている。

「何？」

「昔は食べたくても食べられない時代があったのよ。今でもそういう子がいるわ」

「はいはい、年寄りの昔話はいいってば」

愛琉は祖母の話を聞いて、不満げに溜め息をついた。

「それに、すべての食材にきちんと感謝しなければ、山神様と姫巫女様《ひめみこさま》が怒るわよ」

「はぁ？　何それ」

私も小さい頃に何度も聞いたその話に、愛琉は鬱陶《うっとう》しそうに顔をしかめて祖母を見つめ返す。

「お二人はとても優しい方よ。でも、食べ物やものを粗末にすると鬼の封印が解けてしまうわ。だからこの地に住む者は昔から、山の恵みに感謝して、食材も無駄にしないし、ものを大切に扱うよう言いつけられているのよ」

「鬼って……、何それ、怖っ。そんなの迷信でしょう？　それに私、この村の人間じゃないし！」

この地には、古くから言い伝えがある。

――その昔、この地には〝あやかし〟と呼ばれる人ならざる者が暮らしていた。

中には人を喰らう恐ろしい鬼がいて、その鬼を姫巫女様と山神様が、力を合わせて山の祠《ほこら》に封印した。

二人は愛し合っていたけれど、鬼を封じる際に山神様があやかしの世界へ行ってしまい、二人は離ればなれになってしまった。

それでも人間の世界に残った姫巫女様の子孫が、今でもあやかしの世界と人間の世界が繋がらないよう、守っている――。

お伽噺のように語られているこの話を、私は幼い頃に何度も祖母や母から聞かされていた。

「とにかく、この村にいる間は気をつけて――」

『おはようございまーす！』

「あっ！　宗太君だ！」

祖母がまだ話している最中だったのに。

愛琉は玄関のほうから聞こえた宗ちゃんの声に、声色を変えて立ち上がった。

「宗太君、おっはよ〜！　ねぇ聞いてよ、おばあちゃんったら、怖いこと言うんだから――！」

甘い声でそう言いながら、ぱたぱたと走っていった愛琉の背中を見送って、私は溜め息を一つ。

「おばあちゃん、本当にごめんね」

「いいのよ。……それより椛、あなたにこれを」

「え？」

二人きりになった室内で、祖母はポケットから何かを取り出すと私の手にそれを強く握らせた。

「これは……？」

とても綺麗な勾玉《まがたま》のペンダント。色は赤……ううん、角度によっては白っぽくも見える、光が当たるたびに神秘的に輝く、不思議な魅力がある勾玉。

「これはこの家に代々伝わっている姫巫女様のお守りよ。あなたを守ってくれるから、持っていきなさい」

「……姫巫女様のお守り？」

どうしてそんなものがうちにあるの？

そう聞こうとした瞬間、愛琉の声が聞こえて私は言葉を呑み込んだ。

「ねぇお姉ちゃん、まだ？　宗太君待ってるんだから、早くしてよ！」

「あ……っ、ちょっと待って」

今日は宗ちゃんと一緒に、子供の頃よく遊んだ裏山に行く約束をしている。

「お姉ちゃん、早く！」

少し迷ったけれど、時間はまだある。おばあちゃんも「行っておいで」と笑いかけてくれた。

話の続きは、帰ってから聞いてみよう。

「うん……今行く」

そう思いながら、「早くして」と急《せ》かしてくる愛琉に返事をして、急いで出かける支度を済ませた。

＊

「見て、宗ちゃん。このお花すごく可愛いよ」

「本当だ、あまり見ない花だね」

「きゃー！　虫！　虫がいる～！　宗太君助けて～！」

子供の頃によく遊んだ裏山。

木の実を採って食べたり、川で水遊びをしたり、こうして花を愛《め》でたり。

そんな思い出の場所にいると、自然と心があたたかくなった。宗ちゃんも私と同じように楽しそうに笑っている。

でも愛琉は、先ほどから虫に怯えてそれどころではなさそう。

「ねぇ、もう帰ろうよ！　虫もいるし疲れたし、全然楽しくない……」

「え？　今来たばかりなのに？」

「私、宗太君の家に行きたい！　そのほうが絶対楽しいよ！」

「でも……」

愛琉の声には少し苛立ちが混じっていた。彼女に腕を掴まれて、宗ちゃんは困惑の表情を見せる。

愛琉は派手な髪色と服装を好み、いつもしっかりと化粧をしていて、学校でも目立つ存在。

一方、宗ちゃんは髪を染めたこともないし、優しく控えめな性格をした普通の男の子。

タイプが違うのに、愛琉はいつも宗ちゃんにくっついている。

宗ちゃんのことが好きなのかな……？

「ねぇ、いいでしょう？　私、宗太君のお部屋見てみたい！」

「それは……」

「愛琉、宗ちゃんにまで無理を言わないで」

「何よ、また説教!? 私は宗太君と話してるんだから、お姉ちゃんは黙っててよ！」

愛琉の激しい言葉に、私は一瞬言葉を失った。宗ちゃんは明らかに困ったような表情を浮かべているのに、愛琉にはわからないのかしら。

「愛琉ちゃん……僕はもう少し山で過ごしたいな。昔、椛と二人でよく遊んだ、思い出の山なんだ」

愛琉の手を解いて、宗ちゃんは諭すような優しい口調で言った。愛琉の顔が一瞬険しくなり、次の瞬間には怒りが爆発した。

「何よ……、じゃあもういい!! 私先に帰る!!」

「あ……！ 愛琉ちゃん、一人で帰ったら危ないよ！ 道もわからないだろう？」

「いいもん、大丈夫だもん！ ついてこないで!!」

「愛琉……」

ぷんぷんと不機嫌そうに、愛琉は山を下りていった。その背中を見送りながら、私の胸にはなんとも言えない不安が広がった。

あの子は自分の思い通りにならないと、すぐに拗《す》ねてしまう。

「……行こう、椛。愛琉ちゃんはきっと、家に帰ってゆっくりしたいんじゃないかな」

「そうね……」

宗ちゃんの優しい言葉に、私は少しだけ気持ちが軽くなった。

来た道を戻るだけなら簡単だから、きっと迷わないはず。

そう思って、私たちはもう少しこの山で過ごすことにした。

でもまさか、あんなことになるなんて。

このときはまだ、この後起きる事態を、まったく想像もしていなかった——。


「私たちもそろそろ帰りましょうか」

「そうだね」

それからしばらくして。久しぶりの裏山を堪能した私たちも、山を下りることにした。

「久しぶりに椛と二人で過ごせて、楽しかった」

「うん、この山に来るのは本当に久しぶりだよね」

「……僕は山じゃなくても、椛と二人ならどこだってよかったんだけどね」

「え？」

そう言って突然、宗ちゃんは足を止めた。

「椛、高校を卒業したら言おうと思っていたことがあるんだけど……」

「……なぁに？　宗ちゃん」

宗ちゃんの表情には、普段見せないような緊張感が漂っていた。彼がこんなに真剣な顔をしているのを見るのは初めて。

「椛は、僕にとって唯一心を許せる大切な友達だったけど」

「うん……?」

私にとっても宗ちゃんは大切な友達だよ。

そう答えようと思ったけど、宗ちゃんがすごく緊張しているのが伝わってくる。

どうしたのかしら……?

「けど、本当は――」

宗ちゃんが、何か大切なことを言おうとしているような気がした、その直後。

〝ビュウウウウ――〟

「きゃ!?」

「うわっ!?」

その言葉を遮るように、突然とても強い風が吹いた。まるで世界が揺れたように感じるほど、強い風が。

「椛、大丈夫?」

「うん、びっくりしたけど――……って、ここ、どこ……?」

「え……?」

突風に思わず目を閉じてしまった私は、次に目を開けて見た光景に、思わず息を呑《の》んだ。

明らかに、何かがおかしい。

まだ日は暮れていなかったはずなのに、一瞬にして辺りは薄暗くなっている。それに近くの木々は枯れているし、凍《こご》えるような冷たい風が吹いている。

「ここ、さっきまでいた裏山じゃないよね……？」

「うん、違うと思う……」

〝ギャー、ギャー〟と、遠くで何かが鳴く声に、私と宗ちゃんは震えながら自然と身を寄せ合った。

不安が心をしめつける中、どこにいるのかもわからないまま、ただただその場に立ち尽くすしかなかった。

「――あらぁ、こんなところに人間？　珍しい」

「……！」

混乱と恐怖で動けなくなっていた私たちに、突然かけられた不気味な声。とても美しくて色気のある女性の声だけど、なぜだかぞくりと身体が震える。

「……だ、誰……？」

「ふふ、美味しそう」

振り向くと、少し離れたところに女性が一人立っていた。とても綺麗な人。着崩した着物の襟元が色っぽい、艶のある黒髪を結《ゆ》い上げた美人。

けれど、こんな場所に着物を着た女性が一人でいるなんて、とても違和感がある。

それにこの人、なんだか様子が普通と違うような……？

「そうだわ、あの方のところへ連れていきましょう」

「あ、あの方……？」

「ふふふ、きっと褒めてくださるわぁ」

独り言のように呟《つぶや》いた女性の口元がにやりと上がる。そこで、人間のものとは思えない鋭い牙がぎらりと光った。

この人……人間じゃない……!?

「……椛、逃げよう!!」

「う、うんっ……！」

「あら、逃げたって無駄よ」

宗ちゃんの言葉に頷《うなず》いて走り出した私たちだけど、女がすぐに追ってくるのがわかる。それでも、私と宗ちゃんはとにかく必死に走った。

「ああん、可愛いお嬢ちゃんだこと」

「ひっ！」

あっという間に追いつかれてしまい、私の耳には舌なめずりをするような色っぽい女の声が響く。

「可愛くて妬《や》けちゃうわぁ」

「いや……っ！　来ないで!!」

女がそう言った直後、私の足に何かが絡みついた。

「……っ!?」

足の自由を奪われて、私はその場に転んでしまう。足首の辺りが、重く、冷たく、不快感に包まれる。ねばねばした白い糸のようなものが、まるで生きているかのように私の足首に巻きついてきて、しめつけられていく感覚に恐怖が込み上げてくる。

「何、これ……！」

「ふふふ、大丈夫。私の毒で、すぐ楽にしてあげる」

毒……!?

すぐ近くまで迫ってきていた女が、そう言って口を開いた途端《とたん》。

先ほどまでの美しい容貌が一変し、血のように真っ赤な眼光を光らせ、牙が一気に鋭く伸びた。恐怖で心臓が早鐘のように打ち、呼吸が荒くなる。

嚙みつかれる……!?

その恐ろしい光景に身を守るため、必死に身構えた直後。

「椛!!」

「ぐ……ッ!?」

宗ちゃんが私の名前を呼んで、落ちていた木の棒で女の頭を殴った。女の頭が鈍い音を立て、後ろにふらつくのと同時に、宗ちゃんが私の足に絡みついていた白いねばねばしたものを引きちぎってくれた。

「立って!!」

「うん……っ」

足の自由を取り戻し、痛みに耐えながらも宗ちゃんに手を引かれて立ち上がり、再び走り出す私たち。

「……ッ痛いわね!! 何するのよこのガキ!!」

けれど、女は甲高い声でそう叫ぶと、宗ちゃんを睨《にら》みつけた。女の怒り声が背後に響き、宗ちゃんは必死の形相《ぎょうそう》で言った。

「二手に分かれよう! 僕はこっちで引きつけるから、椛は向こうに逃げて!!」

「う、うん……!」

「逃がさないわよ、くそガキが!」

宗ちゃんに言われるまま、私は後ろを振り返らずに全力で走った。

女は宗ちゃんを追ったような気がするけれど……今はとにかく、必死に走った。

迷っている余裕はない。絡みついた糸の感触がまだ足に残っていて、恐怖が身体全体に広がる。

捕まれば殺される——。

それだけはわかる。だから、私は震える足を無理やりにでも前に出して、宗ちゃんも無事逃げられることを祈りながら、力尽きるまで必死に走った。

◆山犬に喰べられる……？

「はぁ、はぁ……っはぁ、」

息の仕方もよくわからなくなるくらい苦しくなって、足がもつれて。

「……あっ！」

どうやら追っ手はないようだけど、それでも無我夢中で走り続けて、とうとう私は転んでしまった。

「……っ、いったぁ……」

すぐに身体を起こしたけど、立ち上がることができない。トレッキングパンツが破れて、膝から血が出ている。それに心臓が大きく脈打っていて、全身が震えていて、もう一歩も歩けそうにない。

「宗ちゃんは、無事かな……」

さっきのは、何？　あれは現実？　あの女、人間じゃなかった……。

何度も聞いてきた、祖母の言葉を思い出す。

〝その昔、この地にはあやかしと呼ばれる人ならざる者が暮らしていた――〟

「……まさか」

あれは、祖母が言っていた、あやかし……？　でもどうして突然……そもそもここはどこ？

私たちが遊んでいた裏山ではない……。

「まさか、〝あやかしの世界〟に来ちゃったってこと……？」

〝ヴ～〟

「！」

そんなあり得ないことを考えた直後、獣が唸《うな》る声が聞こえた。

はっとして振り返ると、そこには数匹の青黒い動物の姿。鋭い牙を剝き出して、恐ろしい顔でこちらの様子を窺《うかが》っている。

犬じゃない……、犬とは明らかに違う。……これは、狼？　でも、まさか日本に狼なんて――！

「……もしかして私、死ぬの？」

ここが本当にあやかしの世界だとしたら、狼がいてもおかしくないのかもしれない。だけど死ぬなんて、嫌……。私は人生において、まだ何も成し遂げていない。やりたいことも、夢も、恋も――。

これから見つけていこうと思っていたのに。

「それなのに……私の人生、こんなよくわからない場所で終わっちゃうの……？」

そんなの嫌。

そう思いながらも、恐怖と絶望で立ち上がれないままゆっくり後退りした、そのとき。

〝ぱくんっ〟

「……えっ？」

そんな音が聞こえたかと思うと、横からやってきた〝何か〟に、私は見事に喰べられた。

……いや、正確には喰べられたのではなく、咥《くわ》えられただけみたいだけど。

「こ、今度は何……!?」

「……」

「犬!?」

……狼よりもっと大きくて、白い、犬に見える。

と、とにかく喰べられる……!!

そう思って身体に力を入れたけど、どうやらひと飲みにされることはないらしい。大きな犬は、私を咥えたままどこかに向かって走り出した。

「助けて……！　離して……!!」

「……」

それでも私は逃げ出そうと暴れてみるけれど、駄目。私を咥えたまま、犬は速度を上げて走っていくだけ。もう、恐怖と混乱で意識を手放してしまいそう。

でも、しっかりと咥えられているけれど、不思議と痛くはない。

この犬、私を嚙み殺す気はない……？　それにしても、本当にここはどこなの？

ものすごい速さでどこかに走っていく大きな犬に咥えられながら、私はポケットに入れたままになっていた勾玉のお守りを握りしめた。

やがて石段を上っていったと思ったら、私を咥えていた犬は古い日本家屋の縁側で、ぺっと吐き出すように私を解放した。

「………」

ここはどこ……？

庭には、同じような大きくて白い犬が数匹いる。そうか、ここは彼らの巣なんだ。巣に持ち帰って、ゆっくり私を喰べる気だったのね……!?

〝おすわり〟をしてじっと私を見つめている、先ほどの犬。他の犬は真っ白だけど、彼だけは白銀色の、美しい毛色をしている。

……そんなことはどうでもいいけど。

「あなた、私を喰べるの……？」

〝べろん〟

「ひゃっ!?」

警戒しつつも問いかけたら、答える代わりに血が出ていた膝を舐められた。

ああ、やっぱり喰べる気ね……!?

「わ、私を喰べたって、美味しくないわよ……!!」

「……」

「もし私を喰べたら、あなたのお腹の中で大暴れしてやるんだから……!!」

「……」

近くに武器になりそうなものは何もないけれど、私は最後まで抵抗することを決めて、そう叫んだ。

「……くぅん」

「え?」

すると、ぴんっと立てていた耳をしゅんと下げ、犬はなぜか悲しそうに鳴いた。

あれ? 意外と、可愛い……?

そう思って警戒を少しだけ解いてしまった、次の瞬間。

〝どろん――〟

「……!」

今度は、白い煙のようなものが犬を覆って、思わずぎゅっと目を閉じる。

「おまえを喰う気はない」

「……え?」

そして聞こえた男性の声に、驚いた私は目を開いた。

煙が消えてその場に現れたのは、先ほどの犬と同じ白銀色の美しい髪に、犬耳としっぽ、そして透き通るような美しい青い目を持った長身の男性。その全身から、凛とした気配が漂っていた。

「え……、え……?」

その圧倒的な美しさと威厳に、私は完全に言葉を失った。

白銀色の髪によく合う白っぽい着物は、漫画やゲームで見るような、少し変わったデザインだし、腰には刀が差してある。

「おまえ、名前は?」

「……も、椛」

その風貌があまりにも堂々としていて、先ほどの犬の姿とギャップがありすぎて。

思わず名前を答えてしまった。

「俺は銀夜。おまえを俺の嫁にする」

「……え?」

「椛、おまえは俺の花嫁だ」

私はまだとても混乱しているのに。

彼は、はっきりと、堂々とそう告げた。とても自信に満ちた表情で、満足げに。

◆強制的に花嫁？

本当に、わけがわからない。

「は……、花嫁？」

「そう、花嫁」

私の問いかけに、彼は堂々と頷く。その顔には自信満々の表情が浮かんでいるけれど、それがかえって私の混乱を深めた。

この人（？）は、突然何を言っているのだろう。私たちは今初めて出会ったところなのに、いきなり花嫁って……。

「ちょっと待って、私はここがどこかもわかっていなくて……！　それに、あなたは一体誰!?」

「だから、俺は銀夜」

「……名前じゃなくて！　あなた、人間じゃないでしょう……？」

「ああ」

「……私は、人間なの!!」

「知ってる。おまえは姫巫女だろう？」

「…………はい？」

ひめみこ？　私が、あの、姫巫女様？

この人は本当に、何を言っているの……？

唐突すぎるし、脈絡がなさすぎてもう、何から突っ込めばいいのかもわからない。

「……そんなわけないじゃない」

私の正面であぐらをかくと、彼──銀夜は面倒そうに溜め息をついた。

溜め息をつきたいのはこっちなんですけど……。

「自覚がないのか」

「え？」

「おまえは姫巫女だぞ。その証拠に、さっきからぷんぷん匂ってる」

「え!?　……私、くさい？」

さっきたくさん走ったから、汗をかいたせい？

「そうじゃなくて──」

けれど、くんくんと自分の匂いを嗅《か》ぐ私の反応を見て「あー」と言葉を詰まらせると、彼は面倒くさそうに頭をかいてから改まったように言った。

「俺たちあやかしは、姫巫女は匂いでわかる」

「あやかし……」

〝俺たちあやかし〟

確かに彼はそう言った。やっぱり、彼は人ではない。

人ならざる者――〝あやかし〟なんだ。

「特に山犬は、鼻が利くからな」

「やまいぬ……」

山犬の、あやかし？　あやかしって、本当にいたのね……。

昔からそんな話を聞かされていたとはいえ、さすがに信じられない。というか、信じたくない。

祖母から聞いていた話が本当だとしたら、私はあやかしが住む世界に来てしまったということになる。

でも、今目の前にいるこの男は確かに人間じゃない。先ほどから犬耳がぴくぴく動いたり、しっぽがふぁさりと揺れたりしている。

……あれは作り物じゃない。本物だ。

「しかもおまえは怪我をしている。その血の匂い……それに、さっき傷を舐めて確信した。おまえは間違いなく姫巫女の血を受け継いでいる」

「…………そんな、」

くら……っと、目眩《めまい》がした。

待って。お願い、ちょっと待って……。

色々言いたいことも聞きたいこともあるけれど、私の気持ちを置いて彼はぺらぺらと話し続けた。

「だから椛、おまえは俺の花嫁になるんだ」

「……どうしてそうなるのよ」

〝だから〟の意味がわからない。

っていうか何もかも全然わからないけど、なんとかその質問だけは口にできた。

「俺が山神になるためだ」

「あなたが、山神様に……？」

「ああ」

うう……やっぱり駄目。頭が痛い。

彼の言っている言葉の意味は全然わからないけれど、何から聞いていいのかもわからない。

ただ彼は、その話をいたって真面目にしている様子。

「おまえと結ばれれば、俺は山神になれるんだ。そういうわけだから――」

「え？」

それでも聞かなければ。そう思い、痛む頭を押さえて話を整理していると、突然彼は私に手を伸ばしてきた。

「ちょ……ちょっと、何するの――」

彼の手が私の肩に触れ、やわらかな力で押されると、私の身体はあっという間にその場に倒れる。

背中を支えられていたから痛くはなかったけど……そういう問題ではない。

私は今、この犬耳の男に押し倒されている。

「や、やめて……！　いきなりそんなの……！」

「……」

慌てて声を上げるけど、正面からじっと真剣な瞳に見つめられ、なぜだかドキリと鼓動が跳ねた。

「……」

「……」

上から私を見下ろしている彼の顔が、すぐ目の前に迫る。

犬耳が生えているけれど、しっぽもあるけれど、この男《ひと》、人間離れした、すごく綺麗な顔をしている——。

「で、でも駄目……!!」

「……」

初めて感じる不思議な感覚に動揺していると、すぐそこまで迫っていた銀夜の顔がピタリと止まった。

「……？」

「……結ばれるって、どうすればいいんだ？」

「…………は？」

え……？　何、この人。わからないで言ってたの？

「と、とりあえず退いて……！」

変なことをされるわけではなさそう……？

そう安堵した私は、銀夜の下から這い出ようとした。

「——銀夜、何をしているんだ」

そのとき。

はぁ……、という呆《あき》れたような深い溜め息が聞こえた直後、銀夜の身体がぐんっと後ろに引っ張られた。

「痛《い》って……、玲生《れい》！　いきなり何をする！」

「何かしているのはおまえのほうだろう？　そのお嬢さんは困っているように見えたけど？」

〝玲生〟と呼ばれたその人が、銀夜の襟元を後ろから引っ張って、私からべりっと剝がしてくれたようだ。銀夜が唸るようにして後ろに引かれ、私はやっと自由になった。

「あ、あの……？」

「ごめんね、お嬢さん。こいつはこう見えて、悪い奴じゃないから」

「はあ……」

にこり、と優しげな笑顔を向けてくれたその玲生という人は、長い金髪を後ろで束ねている、とても美しい男性だった。

一瞬女性に見間違えてしまうほど、美形。その笑顔があまりにも綺麗で、私は思わず頷いてしまう。

あれ？　でも待って、この人――。

「……犬耳がない……しっぽも」

それに、怖い感じもしない。この人はきっと、人間だわ……！

「膝を怪我しているね。その怪我は早く治療したほうがいい」

「それはそうだな」

「あの、ありがとうございます……！　私、気がついたら突然この場所に来ていて……！」

やっと話が通じそうな人に会えた。

その嬉しさに、私は堰《せき》を切ったように自分の状況を口にした。

「そうか、それは大変だったね。こっちにおいで。まずはその怪我を手当てするから」

「はい、ありがとうございます……！」

優しくそう言ってくれた玲生さんに、私は瞳にじんわりと涙を浮かべてそのあとについていった。私の後ろから、銀夜もついてくるのがわかった。

「――へぇ、それじゃあ椛さんは、人間だけの世界から来たんだね」

「はい。そうなんだと思います……」

室内に入ると、玲生さんが私の膝の怪我を手当てしてくれた。

でもここはまるで一昔前の、時代劇で見るような古い建物なのね……。

「まさか、向こうの世界に姫巫女様の血を継ぐ者がいたとはね」

玲生さんのとても優しい手つきと口調のおかげで少し落ち着いてきた私は、自分に起こったことを整理しながら玲生さんと銀夜に話した。

「私は、友人と二人でこちらに来てしまったんです。宗太っていうんですけど、彼とははぐれてしまって……」

「はぐれた？　俺が見つけたときは一人だっただろう？」

「……実はあの前に、とても恐ろしい女の人に襲われて」

今思い出しても鳥肌が立つ。とても恐ろしい出来事だったけど……宗ちゃんは無事だろうか。

「女？　それはどんな奴だ？」

「えっと……黒髪の、すごく綺麗な女性。でも鋭い牙が生えていて、明らかに人ではなくて……」

「そいつはたぶん、女郎蜘蛛だよ」

「………蜘蛛？」

私の足に残っていたらしい、白いねばねばした糸のようなものを見て、玲生さんが言った言葉に、背中が冷やっとする。

あのとき私を襲おうとした女の顔を思い出す。美しかった顔は、口を開いた瞬間とても恐ろしい形相に変わった。

「一緒に男がいなかった？　派手な着物を着た男」

「いいえ……女性一人でした」

「……そうか」

「……？」

玲生さんと銀夜が、深刻そうな面持ちで目を合わせた。

「あの……、何か」

「女郎蜘蛛を従えているのは、鬼なんだ」

「えっ」

言いにくそうにしている玲生さんに代わって、銀夜が口を開いた。

「鬼って……でも鬼は、ずっと昔に姫巫女様と山神様が封印したんじゃ……！」

「ああ、確かにそうだ。だが、あれから三百年以上経《た》っている。山神の死後、祠に封印されていた鬼は復活した。今はまだ復活したばかりで完全に力は戻っていないが、それも取り戻しつつある」

「そんな……」

「安心しろ。この宝玉《ほうぎょく》があれば、奴はそう簡単に俺たちに手出しできない」

そう言いながら、銀夜は腰に差している刀の柄を私に見せた。

「……綺麗」

そこには、白銀に輝く丸い石が埋め込まれていた。

「まぁそれも、いつまでもつかわからないがな」

「どういうこと？」

「この宝玉には、姫巫女の力が宿っている。だが、力を宿したのも三百年以上前の話。徐々に弱まってきているのは確かだ」

「……」

鬼は悪《あ》しきあやかし。人を襲い、喰べる。

他のあやかしにとっても、脅威なのかもしれない。

「今はまだ完全に復活していないが……いずれ必ずおまえを狙ってくるはずだ」

「え……？」

「女郎蜘蛛は下等な種族で鼻も利かない。だから、おまえが姫巫女だとすぐには気づかなかったんだろう。だが鬼に話が伝われば、放っておくとは思えない」

「それじゃあ、このまま気づかれずに向こうの世界へ帰れたら……！」

「……帰れたら、な」

銀夜は、溜め息をつきながら「まぁ、帰す気はないが」と呟いた。

「か、帰るわ……！　私は向こうの世界の人間だから！　おばあちゃんだってきっと心配しているし……！」

「どうやって帰るつもりだ？　だいたい、山犬の縄張りを出たら、一瞬で喰われるぞ」

「た、喰べられる……!?」

「この辺りには獣も多い。普通の人間は近づかない山だ。それに俺たち山犬と違って、中には狼のような野蛮なあやかしもいる。俺が見つけていなければ、おまえは間違いなく喰われていた」

「狼……」

やっぱり、あれは狼だったのね……。

私、銀夜に助けてもらえなかったら、喰べられていたの……!?

銀夜の言葉に、もう一度先ほどの獣と、蜘蛛女の形相を思い出す。どちらも鋭い牙と、恐ろしい雰囲気を持っていた。人間が敵《かな》わない相手だと、対面しただけでわかった。

思い出すだけで、ぞくりと寒気が走る。

「帰る方法があるのなら、椛さんにとってはそうするのが一番安全かもね。でもやがて力を取り戻した鬼は、再び椛さんたちが暮らす世界にも手を出すよ」

「え……?」

銀夜に代わって、玲生さんが穏やかな口調で言った。

「人間の世界に姫巫女様の血を受け継ぐ者がいた。だとすれば、再び二つの世界を繋ぎ、あなたを手に入れようとするはずだ」

「……どうして」

その口調は優しいけれど、言っていることはとても恐ろしい。

「姫巫女様は、あやかしにとって特別な存在。結ばれれば、とても強大な力を手にすることができると言われている。過去、山神様がそうだったからね」

「……」

「そう、だから椛は俺の花嫁にするんだ」

玲生さんの言葉に続くように、銀夜が言った。

私と結ばれれば、銀夜は山神様になれるのね。だから私を花嫁にすると言ったのか……。

「それじゃあ、もう一度鬼を封印しなければ、私が帰った後、人間の世界で暮らす人たちが危ないということですか?」

「うん、残念だけど」

「そんな……」

玲生さんが肯定した言葉に心臓が嫌な音を立てて揺れ、祖母のやわらかな笑顔が脳裏に浮かぶ。

「大丈夫だって。俺とおまえが結ばれれば済む話だ！　それでもう一度宝玉に力を宿して、さっさと鬼を封印すればいい」

「そんなこと言われても……」

不安な気持ちを顔に表わした私に、銀夜はとても簡単なことのように言うけれど、私にそんな力があるとは思えない。

あったとしても、どうやるのかまったくわからない。ただの人間として、突然の状況にどう対処していいのか困惑し、目の前の現実をまだ受け入れられていない。

「それより宗ちゃん……友達を捜したいんですけど、どうすればいいでしょうか？」

話が逸《そ》れてしまったけれど、まずは宗ちゃんと合流したい。彼が無事であって欲しいという気持ちでいっぱいだった。

そう思って玲生さんにした質問に、二人は顔を見合わせた。その沈痛な表情が、私の不安を更に煽《あお》る。

「女郎蜘蛛に捕まったのだとしたら、かわいそうだがその友人は、もう……」

「え……」

玲生さんの言葉に、私の心臓は直接握りつぶされるような痛みをともなった。彼の神妙な面持ちが、恐怖と絶望をより一層高める。

「鬼は餓えている……少しでも力をつけるために、おそらく」

「そんな……！」

玲生さんの口から語られた言葉に、血の気が引いていくのを感じる。

私のせいだ。宗ちゃんは、私を逃がすために囮《おとり》になってくれた……。

「宗ちゃん……、そんな……っ」

この世界に来て初めて、涙がこぼれた。涙はただ流れるのではなく、心から溢れ出しているように、頬を伝い落ちていく。

宗ちゃんのあの笑顔や優しさを思い出すと、私の身体はガタガタと震え、色々な感情が込み上げてきて言葉にならない。

「手当ては終わったよ。今日はゆっくり休むといい」

「宗ちゃん……うそ……宗ちゃ……っ」

「とにかく、椛は俺の花嫁にする。いいだろ？　玲生」

「俺はいいけど……ちゃんと椛さんにも聞いてね？」

「…………っ」

銀夜と玲生さんのそんな会話が聞こえてきたけれど、今の私はそれどころではなかった。

宗ちゃんのことで頭がいっぱいで、感情が嵐のように激しく揺れる。他のことが考えられない。ただただ、宗ちゃんとのこれまでの思い出が、波のように押し寄せてくる。本当に、本当にどんなときも優しくて、思いやりのあるあたたかい人だった。

涙は止まらず、私はただその場で泣き崩れることしかできなかった。

◆俺の花嫁

俺には、人間の匂いはすぐにわかる。

特に、椛からは特別な匂いがして、遠くからでも感じ取ることができた。

この山に人間がやってくることはまずない。だから俺は、椛がこの山にやってきた瞬間にわかった。

嗅いだことのない匂いからは、特別な力を感じた。

直感で、姫巫女——もしくはそれに非常に近い存在であると思い、本来ならば近づきたくもない、狼の縄張りのほうへと急いだ。

そして、見つけた。

膝から血を流して座り込んでいたのは、まだ若い人間の女。少し茶色がかったまっすぐの長い髪に、見たことのない変な着物。

どうして突然姫巫女が現れたのか不思議に思ったが、他の奴に取られる前に、その女をぱくりと咥えて自分の縄張りに走った。

俺の口の中で騒ぎながら暴れられたが、細くて弱々しい人間の肌を傷つけないよう、歯を立てずに咥えたまま、落とす前に縄張《うち》りに着くよう、速度を上げた。

そしたら女はおとなしくなった。

うちに着いて女を離し、血が出ている膝を舐めて、間違いなく〝姫巫女〟だと確信した。

血をひと舐めしただけで、自分の身体が熱くなるのがわかった。

妖力が増すような、不思議な感覚――。まるで、存在そのものが俺に力を与えているかのようだった。

確かにこれは、姫巫女を喰らえばとてつもない力を手に入れられそうだ。

一瞬そう感じたが、俺の目的はそれではない。

だというのに、何を勘違いしているのか、女は「私を喰べても美味しくない！」と騒ぎ始めた。

俺には人間を喰う趣味はないのだが……。

「もし私を喰べたら、あなたのお腹の中で大暴れしてやるんだから……!!」

元気なのはいいが、どうやら俺はいきなり嫌われてしまったらしい。

「……くぅん」

「え？」

人間の女の扱い方なんて、知らない。

この女は、なぜ俺が自分を喰うと思っているんだ？

……そうか。

〝どろん――〟

「……！」

きっと、俺がいつまでも山犬の姿でいるからだ。

この姿のほうが早く走れるからそうしていたが、人間はあやかしを恐れているのだった。たとえこの女が姫巫女だとしても、話をするなら同じ〝人の姿〟のほうがいいだろう。

それに気がつき、人の姿になって端的に伝えた。

「おまえを喰う気はない」

「……え？」

「おまえ、名前は？」

「……も、椛」

椛。そうか、いい名前だな。

心の中でその名前を繰り返し、女をまっすぐに見つめる。俺の目的はただ一つ。それが実現すれば、俺は山神としての力を手に入れ、鬼を封印することができる。

「俺は銀夜。おまえを俺の嫁にする」

「……え？」

「椛、おまえは俺の花嫁だ」

そう、俺の目的はおまえ《椛》と結ばれることだ。決して喰う気はない。これで安心してくれるだろう。

そう思って率直に伝えた俺の言葉に、なぜか椛は顔をしかめた。どうやら椛には姫巫女の自覚がないようだった。

椛は人間だけの世界からやってきたようだが、おそらく向こうは平和なときが流れているのだろう。

数百年前に、山神と姫巫女が願った世界――。それが叶えられているのなら、いいことだ。

だが、どうしてだか椛はあやかしの世界に来てしまったようだ。

俺としては、とても都合がいいことだった。

山神の死後、約五十年のときを経て、鬼が自力でその封印を解いた。あいつは、絶対に俺の手で封印してみせる。

そのためには、俺が山神になる必要がある。いくら力が完全に戻っていないとはいえ、鬼はあやかしの中で最強種。

山神と呼ばれるほどの力がなければ、敵わないのだ――。


「――今日はもう、眠ったほうがいい」

「……！」

「おい、玲生……！」

一緒にこっちの世界に来たという幼馴染は、おそらくもう死んでいる。

それを聞いた椛は、泣き崩れた。

「眠らせただけだ。部屋に運んであげるといい」

「……そうだな」

ぼろぼろと泣いている椛を見た玲生が、妖術で彼女を眠らせた。玲生は妖術が得意だ。俺とは種族が違うが、今は同志として、ともに生活している。

玲生も鬼を憎んでいる。封印したいと、強く思っている。目的は俺と同じ。

「軽いな……」

椛を部屋で寝かせるため、抱き上げた。

先ほど咥えて走ったときも思ったが、人間はとても弱いのだなと、実感する。

椛は俺たちに比べて筋肉も全然ついていないようで、細いくせにやわらかい。

「よいしょ」

空いていた一部屋に椛を運び、布団を敷いてその上に寝かせた。相当混乱していたし、疲れているはずだ。

それでも気丈に振る舞い、俺を睨みつけてきたが、その細い肩が震えていたことには気づいている。

玲生が無理やり眠らせたが、今日はそれでよかったのかもしれない。

椛の寝顔を見つめながら、そう思った。

「……綺麗な顔をしているな」

濡れているまつげに触れると、その儚さが心に響いた。この涙がどれほどの痛みをともなっているのか、俺にははっきりとはわからない。だが、なんとなく感じ取ることはできる。仲間を失う気持ちは、俺にもわかるから。

ふと昔のことを思い出しながら、涙を拭ってやった。

「……今日はゆっくり眠れよ」

そのまま椛の寝顔を見つめていたら、その場から離れられなくなりそうだった。

「やはり姫巫女には、俺たちあやかしを惹《ひ》きつける不思議な魅力があるんだな」

危ないところだった。もし俺より先に他のあやかしに奪われていたら……。

「おまえたちも今夜はもう寝ていいぞ」

「くぅん」

椛を寝かせてから一度外に出て、仲間の山犬たちに声をかけた。

妖力が少なく人の姿になるのが容易でない者は、山犬の姿のまま離れの小屋で過ごしている。

「遅かったね」

それから再び中に戻ると、玲生が意味深な視線を俺に向けた。

「……別に、何もしていないぞ」

「別に何も言ってないけど？　それに、銀夜の花嫁にするんだろう？　俺のことは構わなくていいよ」

「…………」

別に構う気もないけどな。

内心でそう思いながら、玲生とともに使っている、少し広めのこの部屋に腰を落ち着ける。

「だけど彼女には、姫巫女の自覚が本当にないようだったね」

「ああ……」

「それでも宝玉に力を宿すことはできるのだろうか？　それに、鬼を再び封印するには彼女の力が必要不可欠だ」

「……」

「あの程度の傷も自分で治癒できないなんて……。なんとしても、彼女には姫巫女の力に目覚めてもらわなければ――」

「わかってる」

姫巫女には傷を癒やす力があるはずだ。

だから、転んでできたのであろう膝の傷すら治さずにいた椛が、鬼を封印できるほどの力を持っているのか、疑わしいところ。

だが俺にはわかる。

椛は間違いなく姫巫女だ。あいつのそばにいると、俺の血が騒ぐ。

だから、ごちゃごちゃとうるさい玲生を置いて、今夜は俺もさっさと床《とこ》に就くことにした。

俺は一刻も早く椛と結ばれて、山神にならなければならないんだ。

◆狐のあやかし

いつの間にか、私は眠っていたらしい。

色んなことがあって疲れていたし、久しぶりにあんなに泣いたし。

「……」

あたたかさに気がついて、私の身体にかけられているものを見ると、布団の上にふわふわとした白い毛皮でできた毛布が乗っていた。

「……銀夜がかけてくれたのかな」

いきなり「俺の花嫁にする」なんて言われて、押し倒されて、とても自分勝手な人だと思ったけれど。

銀夜に助けられていなかったら、私は死んでいたかもしれない。

「感謝しなくちゃ」

誰に言うでもなく、自分自身に言い聞かせるように呟いたその言葉が、静かに部屋に響く。

「……」

「……え？　誰？」

「……!!」

八畳ほどの広さの部屋で、きちんと布団の上で眠っていた私は、身体を起こしてその視線に気がついた。

「お、おまえ、起きたのか⁉」

「ええ……」

「だ、大丈夫なのか⁉　膝、怪我しているんだろ⁉　痛いのか⁉」

「大丈夫よ……」

襖《ふすま》の陰からこちらを覗《のぞ》いていたのは、小さな男の子のようだけど……。

「おまえ、人間なんだろ？　……姫巫女様って、本当か？」

そう言いながら、そっと顔の半分を覗かせたのは、五、六歳くらいの男の子だった。

短めの橙色《だいだいいろ》の髪を後ろで束ねていて、頭には犬耳に似た同色の耳が生えている。

しっぽも生えているようだけど、銀夜のとは少し違う。先が白くて、もこもこで、それはまるで狐のような――。

「姫巫女様……どうなんだろう？　自分でもよくわからないの」

「自分のことなのに、どうしてわからないんだよ」

おそるおそる、という感じでこちらに近づいてくる男の子は、短い腕を目一杯伸ばすと、手に持っていた小さな枝で、ちょん、ちょん、と私の腕を軽く突いてきた。

「人間は、弱いからな」

「……」

そうは言っているけれど、どう見ても彼のほうが私を警戒しているように見える。

「動けるか？」

「ええ……」

「おまえの着替えを持ってきた。一人で着られるか？」

「たぶん……」

そっと私を見上げた大きな瞳も、綺麗な橙色をしている。

それにしても、この子……。

「かっ、可愛い……!!」

思わず言ってしまった言葉に、彼は顔を真っ赤にして大きく口を開いた。

「なっ、何言ってんだ！　おれは妖狐《ようこ》だぞ！　妖狐はあやかしの中でも強いんだ!!」

その声に込められた精一杯の威厳が、逆に彼の幼さを強調してしまって、ますます可愛らしく感じてしまう。

「妖狐……！」

やっぱり、狐のあやかしだったのね。

「とにかく、おれは着替えを渡したからな！　ちゃんと着替えてこいよ！　おまえのその格好は、変だ！」

「あ、ありがとう」

そう言って女性ものの着物を私にぐいっと押しつけると、狐の男の子はとてとてとて、と可愛い足音を立てて出ていった。

「着物かぁ……」

裏山に遊びに行ったときの服装のままだった私は、確かにこっちの世界では変わった格好をしていた。

パーカーとトレッキングパンツに、スニーカー。小さい頃からよく遊びに行っていた、家の近くの小さな山だったから軽装備だったけど、ここは大きくて深い山だと思う。

銀夜も玲生さんも狐の男の子も、昨日会った恐ろしい女性も。みんな、一昔前のように着物を着ている。

狐の男の子が持ってきてくれた着物は、白と桃色の生地に、もみじの柄が入った可愛らしいものだった。

子供の頃、お正月やお祭りでよく着物を着ていた私は、母や祖母から着付けを教わっており、自分で着物を着ることができる。

……教えてもらっておいてよかった。

とても小さなことだけど、母と祖母に感謝して、着物に着替えた。

「あ……っ」

そのとき。ポケットの中から、祖母にもらった勾玉のペンダントが落ちてころりと転がった。

「……おばあちゃん」

〝これはこの家に代々伝わっている姫巫女様のお守りよ。あなたを守ってくれるから――〟

あのときの祖母の言葉を思い出し、勾玉をぎゅっと握りしめる。

本当に私が姫巫女様の血を受け継いでいるのだとしたら、母も祖母も、姫巫女様の子孫だということよね……？

それじゃあ、二人とも人間の世界とあやかしの世界が繋がらないように、ずっと守ってきたの？

「……」

まだ完全に信じたわけではないけれど、ペンダントを首から下げて、それが見えないように着物を着た。


「……おはよう、ございます」

「椛さん。おはよう」

着替えを終えた私が部屋を出ると、鼻をくすぐる美味しそうな匂いに釣られるように廊下を歩き、その部屋にたどり着いた。

そこには玲生さんと先ほどの狐の男の子がいて、背の低いテーブル……ちゃぶ台に、食事を並べていた。

「昨日はよく眠れた？」

「はい、いつの間にかぐっすり」

玲生さんは今日も優しい笑顔を私に向けてくれた。その笑顔に少し安心しながら、私は頷いた。

「それはよかった」

「あの、銀夜は――」

「お、やっと起きてきたか」

彼の姿が見当たらなかったので玲生さんに聞こうと思ったら、私のすぐ後ろから彼の声が聞こえてきた。

「銀夜……！」

「……」

気配がなかったから驚いて振り向いたけど、私の姿を見た銀夜は、目を見開いて固まった。

「ちゃんとお礼を言えてなかったけど、昨日は助けてくれてどうもありがとう……！」

「……」

「……銀夜？」

それでもお礼を伝えたけれど、銀夜はやっぱり私を見つめたまま固まっている。

「どうしたの？」

「椛さんがあまりにも綺麗だから、驚いているんじゃないかな？」

「え？」

玲生さんがくすっと笑いながらそう言った言葉に、銀夜はようやくはっとしたように口を動かした。

「別にそういうわけではない！　……が、確かに似合ってる」

「えっ……あ、ありがとう……」

がしがしと頭をかいて、銀夜はちゃぶ台の前にどかりと座った。

それを見た狐の男の子が銀夜に、「照れてるのか？」と聞いたけど、彼は「照れてない‼」と、私にでもわかるくらい照れくさそうに声を張った。

なんだか仲のいい兄弟みたい……そう思うと、小さく笑みがこぼれる。

そのあたたかい雰囲気に、昨日の恐怖と不安が少しだけ薄れた気がする。

でも、気になることがある。ここには女性の姿はないようだけど、どうして女物の着物があったのかしら？

というか、銀夜には家族はいないの？　あやかしでも、親はいるはずよね……？

そんな疑問が浮かんだけれど、玲生さんに「椛さんも座って。一緒に食べよう」そう言われ、私は素直に頷いた。

「――美味しいです」

「口に合ってよかった」

あやかしの食事は、人間のものと変わらないようだった。近くで採れる山菜や魚、鳥なんかを料理しているらしい。

それに、人里に近い山の麓《ふもと》にある、稲荷《いなり》様を祀《まつ》った祠に、こっちの世界の人間が定期的にお米やお味噌などの食材を、お供《そな》えしてくれるのだそうだ。

「おれは妖狐だからな！　おれに感謝して、椛もたくさん食べていいぞ！」

「ふふ、ありがとう、黄太《こうた》君」

がつがつと、お茶碗にこんもり盛られたご飯を頬張りながら、狐の男の子（名前は黄太というらしい）が、誇らしげに言った。

「取りに行ってるのは俺だけどな」

それを聞いた銀夜がぽつりとそう呟いていたけど。

「――さて。飯《めし》を食って、少しは元気になったか？」

「うん」

「それじゃあ、早速見てみるか」

「……？」

何を見るの？

食事が終わり、私は玲生さんと一緒に片付けをした。ちゃぶ台を拭《ふ》いていると、あぐらをかいて私をじっと見つめていた銀夜が口を開いて、「よしっ」と立ち上がる。

「だが、黄太の前ではよくないな」

「？？？」

一体、何がだろう？

そう思っていたら、「来い」と言われて銀夜に腕を引かれ、私はその部屋から連れ出された。

「銀夜……？」

やってきたのは、私が使わせてもらったところよりも、少し広い部屋。

ここは銀夜の部屋かしら？

まだ布団が敷いたままになっていると思ったら、銀夜はその上に私を座らせた。

「俺も初めてだから、自信はないんだが」

「え？」

そう言ってすぐに私の上に覆い被さるように近づいてきた銀夜に、嫌な予感が胸をよぎる。

彼の真剣な目が私を捕らえると、ドキリと鼓動が鳴った。

「痛くはないと思うが、じっとしてろよ」

「………は？」

まさか、この男……！　性懲《しょうこ》りもなく――‼

「やめてったら……‼」

「いてててて、おとなしくしてろ！　髪を引っ張るな‼」

銀夜の手が私の足に触れ、着物の裾をぺろりと捲った。私の心臓は大きく跳ね上がり、怒りと困惑で頭が真っ白になる。

「嫌よ……！　あなた、発情期なの⁉」

「はぁ？　違う！　昨日の傷を見るだけだ‼」

「え……？」

けれど、そこでようやく銀夜の口から発せられたこの行為の目的に、彼の髪を掴んでいた手の力を抜く。

そうならそうと、先に言って欲しい。勘違いしちゃったじゃない。

深く息を吐いて、鼓動が落ち着いていくのを感じながら、緊張感を少しずつ解いていく。

「……やっぱりな」

熱くなっている私とは違い、銀夜は真剣な表情で膝に巻かれていた包帯を手早く取ると、そこを見てぽつりと呟いた。

まったく痛みを感じないことを不思議に思って私もそこに目を向けると、昨日出血していたその傷口は綺麗に治っていた。

「どうして……たった一日で治るはず……！」

私は思わず驚きの声を上げた。銀夜は冷静な表情でいるけれど、私の心は彼とは対照的に混乱と驚きでいっぱいだ。

もちろん過去にも怪我をしたことはある。けれど、一晩で治ったことなんて一度もない。

「俺も姫巫女に会ったのは初めてだから自信はなかったが、やっぱり間違いなかった」

「どういうこと？」

「昨日、俺がこの傷を舐めただろ？」

「うん……」

「そのとき、俺の妖力を少し送った。俺には治癒能力なんてないが、姫巫女《おまえ》が潜在的に持っている、治癒の力を発揮したんだ」

「治癒の力……？」

「つまり、俺とおまえは相性がいいってことだな」

「…………」

そういうことなの？

銀夜はとても満足そうに頷いて、ふぁさふぁさとしっぽを揺らしているけれど、つまり銀夜の妖力とやらを受けて、私が自分で傷を治したということ？

「そんなことって……」

「これでわかっただろう？　椛、おまえは間違いなく姫巫女だ」

「……それじゃあ、もう一度銀夜に力を送ってもらって、鬼を封印すれば……！　それに、宗ちゃんのことも捜しに――」

「いや」

まだよくわからないけれど、小さな希望が湧いた。それなのに、銀夜は私の提案をすぐに却下した。

「おまえはまだ、本来の力に目覚めたわけじゃない。俺が昨日送った妖力も、もう切れている」

「そんな……」

「どうすればその力に目覚められるのか……俺にもわからないが、迂闊《うかつ》に動くのは危険だ。それに、そいつはもう捜したって無駄だと言っただろう？」

「……でも！」

銀夜は淡々とした口調で告げるけど、やっぱり私は宗ちゃんのことを諦めきれない。もしかしたら今もどこかで、私を探してくれているかもしれない。そう思うと、じっとしてなんていられない。

けれど銀夜は、私を鋭く見つめて言った。

「俺はおまえを喰う気はないが、他の奴らはどうかわからない」

「え……？」

銀夜の言葉に、心臓が嫌な音を立てて揺れる。

「おまえの血をひと舐めしただけでも、ものすごい力が溢れてきた。その肉を喰らえばどうなるかくらい、やってみなくてもわかる」

「……」

そう言った銀夜の瞳が鋭く光り、ゴクリと唾を呑む喉仏が上下した。一緒に食事をして、気を許しかけていたけれど、銀夜はあやかし。彼が本気を出せば、私なんてひとたまりもない。

「だから、俺が山神になるためにも、おまえが力に目覚めるためにも、一刻も早く俺たちが結ばれる必要がある」

「そんなこと言われたって……」

結ばれるって、具体的にはどういうことなの？　やっぱり、好きになるということ……？

それとも、気持ちなんて関係ないのだろうか……。

それを考えながら、震える手をぎゅっと握りしめて、銀夜の顔を改めてじっと見つめてみる。

顔は本当に整っていて美形だけど、それだけで好きになれるわけじゃないし、心が通わないまま結ばれるなんて、嫌。

「わからないが、試せることはなんでも試してみたほうがいいかもな」

「…………え？」

そんなことを真剣に考えていた私の身体に、銀夜は再び覆い被さってきた。

「さっきおまえが想像したこと、してみるか？」

「な、何言って……！」

私が想像したことって……冗談でしょう？

そう言えたのは、心の中でだけだった。

銀夜の鋭い瞳の輝きが私の身体を凍りついたみたいに動けなくさせていて、いつの間にか両手首を押さえられていた銀夜の大きな手に、圧倒的な力の差を感じた。

やっぱり彼もあやかしだ。人とはかけ離れた、恐ろしい存在——。

「ねぇ、待って、待ってよ……！」

「黙ってろ」

昨日は、どうすれば結ばれるのかわからないって言ってたくせに！　さっきは発情期じゃないって、言ってたくせに……!!

急に男らしい顔つきになって、圧倒的な力の差を見せつけられて……なんか悔しい！

「待て、〝まて〟よ！　おすわり!!」

「……は？　何命令してんだよ。俺は山犬の当主だぞ？」

「……〜〜」

ぴくぴくと動く可愛らしい犬耳が目に入ったから、試しにそう言ってみたけれど、全然言うこと聞いてくれない……!!

当たり前か。彼は犬だけど犬じゃないし、躾《しつ》けも全然されてないんだから……って、今はそれどころではない。

この状況に、私の心臓は再び早鐘を打ち始める。

銀夜はすっかりその気なのか、抵抗する私に若干機嫌が悪そうにも見えるし。

「俺は一刻も早く山神にならなければならないんだ。おまえだって早く力に目覚めたいだろう?」

「そうだけど……」

彼は、山神になることしか考えていない。私の気持ちはどうでもいいんだ。

そう思うと、胸の奥がもやもやとした感情に覆われた。

もし、私が力に目覚めなければ……やっぱり私は、この人に喰べられてしまうのでは……?

それを考え、身構えたとき。

「銀夜」

「……!?」

音もなくやってきた玲生さんが、昨日と同じように銀夜の襟元を後ろから引っ張って、私から引き離してくれた。

「玲生、いきなり何をするんだ……!」

「だから、何かしているのはおまえのほうだろう? 椛さんが怖がっているよ」

玲生さんの冷静な声が部屋に響く。その隙を逃さず、私は銀夜から距離を取った。

「俺はこいつと結ばれるために……！　椛も目的は一緒だ!!」

「そうだとしても、やり方というものがあるだろう。そんなに焦っては逆効果だ。それにおまえはいつも、言葉が足りないんだよ」

「じゃあ、どうしろって言うんだ」

しっぽをぴんと立てて、ウ～と、低く唸るように威嚇《いかく》している銀夜は、やっぱり犬だ。

「もっと彼女の気持ちも考えろ。おまえは強引すぎる」

「……ふん」

〝どろん〟

玲生さんの言葉にコクコクと何度も頷くと、そんな私と玲生さんを交互に見て、銀夜は拗ねたような声を出し、犬の姿になって部屋を出ていった。昨日私を咥えていたときよりも小さい。犬の姿になるときは、大きさを変えられるのね。

「……すまない、椛さん。怖がらせてしまったね」

銀夜の背中を見送って、玲生さんが私に謝罪する。その姿に私は首を横に振った。

「いいえ、玲生さんが謝ることでは……」

「ありがとう。あいつは焦っているんだよ。早く鬼を封印したくて」

「……銀夜は、鬼と何かあったんですか？」

私の問いに、玲生さんは一瞬目を細め、遠くを見るような視線を送った。

「うん……まぁ、鬼を早く封印したいという気持ちは俺も一緒だけど。まずは椛さんの安全が第一だと、俺も銀夜も思っているよ」

「……はい」

なんとなく誤魔化《ごまか》されたような気がするけど……鬼はきっと、あやかしにとって私が想像しているよりもずっと危険な存在なんだと思う。

だから銀夜はあんなに焦っているのね？

……それとも、過去に何かあったのかな。

とにかく、私が姫巫女様の血を受け継いでいて、それはあやかしにとって特別なものだということはわかった。

やっぱり、人の気持ちは人にしかわからないんだわ。

優しい玲生さんの笑顔を見て、そう思った。

でも、どうして人間の玲生さんがこんなところにいるのかしら……？

◆お姉ちゃん助けて

「本っっ当にあり得ない……!!」

なんなの、なんなの……!!　ここは一体どこなのよ!!

私は姉と宗太君と三人で来た、二人の地元だという田舎にある小さな山にいたはず――。

疲れたし虫もいるし全然楽しくないから、「先に帰る」と言って私は二人から離れた。

わざと来た道から逸れて少しだけ奥に入っていったけど、人が通ったような道はあったし、まだ明るいし、お姉ちゃんと宗太君がすぐ捜しに来てくれると思ったのに。

待っても待っても、二人は全然来てくれなかった。

「もう！　二人とも何してるのよ!!」

まさか本当に私を一人で帰そうとしているわけじゃないわよね!?　私は初めてこの山に来たのに……!!

だんだんイライラしてきた私は、本当に一人で帰ることにして、歩き始めた。

「おばあちゃんに言ってやる！　妹を一人で帰すなんて、信じられない！　おばあちゃんに叱ってもらうんだから！」

私はおばあちゃんに遊んでもらった記憶が全然ないけど。でも、私のおばあちゃんでもあるんだけど。

〝食材に感謝しろ〟だとか、〝物を粗末にすると鬼が出る〟だとか、変なことを言うおばあちゃんだし。

「田舎のおばあちゃんって、厳しいもんね！」

きっとお姉ちゃんは怒られるわ。

「ふん、ざまぁみろ！」

そんなことを考えながら歩いていたら、道の先に小さな祠が現れた。

「うわぁ……こういうのって、本当にあるんだ」

赤い屋根の、木でできた小さな祠。よく神社で見るような、稲妻みたいな形をした白い紙が二つ吊されている。

でも随分《ずいぶん》古いもののようで、今にも壊れてしまいそうなほどボロボロ。

そんな汚らしい祠が、なぜか無性に気になった。

「あれ……？　なんか綺麗な石がある……！」

けれど、ボロボロになった木の扉の向こうで、何かがきらりと光った。

「え～、欲しい！」

どうせ誰のものでもないだろうし。こんなところで誰の目にも触れないなら、私がもらって友達に自慢しよう。

そう思い、祠に手を伸ばす。

「あれ？　何これ、ボロいくせに開かないじゃん……！」

けれど、その扉はまるで鍵がかかっているように固く閉ざされ、開かない。

「何これ。もう木が腐ってんじゃないの？」

すぐそこにある綺麗な石の不思議な魅力に魅せられたのか、私は祠というものがどんな存在《もの》かも考えずに、強引に扉を開いた。

「開いた！　わ〜！　やっぱりすっごく綺麗！」

そして、その石を手に取る。その石だけ、まるで年代を感じさせないほど、綺麗に輝いている。数字の九のような形をした……勾玉っていうんだっけ？

とにかく変わった形の綺麗な石。

「不思議な色……」

一見赤く輝いているように見えたけど、角度を変えると光に反射して白っぽくも見える。とても不思議な石。

その美しい石を太陽にかざそうと、上を見た次の瞬間。

「きゃっ!?」

一瞬、勾玉が光を放ったように見えた直後、ものすごい突風が吹いて、思わず目を閉じてしまった。

「え……何、ここ。どこ……？」

そして次に目を開けたときには、私は薄気味悪い山の中にいた――。


「本当に、一体どうなってるの……！」

それから、数日。

私は未だに山を下りられていない。というか、ここが姉と三人で来たあの里山ではないことくらい、さすがに気づいてる。

だって明らかにおかしいもの。あの山はこんなに広くなかった。人が歩けるような道だってちゃんとあったし、その道を辿れば下りられたはず。こんなに迷うはずがない。

それなのにあの一瞬で景色が変わってしまった。まるで漫画やアニメで見るような、異世界に転移してしまったみたい……。

「お腹空いたよぉ……寒い……。お姉ちゃん……どこぉ……」

持ってきていたバッグに、お水と飴やチョコレートのお菓子を入れていたから、それを食べてなんとか飢えを凌いできたけど……もう限界。

「こんなことなら、朝ご飯残さずに全部食べておけばよかった……」

ぐずっと鼻を啜り、震える身体を抱きしめる。

お風呂にも入りたいし、ふかふかの布団で眠りたい。昨日の夜は、熊のような獣の声を聞いたし、一昨日は狼の遠吠えみたいなものを聞いた。

「怖い……怖いよぉ……お姉ちゃん、助けてよぉ……」

私がどんなに我儘を言っても、お姉ちゃんはいつだって助けてくれたじゃない。許してくれたじゃない。


――私と姉は、小さい頃に離ればなれになった。

都会で仕事をしていた父についていった私と、母と田舎に残った姉。

どうして私だけが父についていったのか、小さかった私は覚えていないけど、母にはどうしても譲《ゆず》れないものがあったらしい。

田舎に残るという母と、仕事で都会に行かなければならない父は毎日揉めていた。その結果、「絶対に椛は渡せない」と言う母と姉を残して、私だけが父に連れられて都会に出たのだとか。

でも結局母は事故で死んでしまった。姉は私が小学校六年生になる頃にこっちにやってきて、また一緒に暮らすようになった。

私は母の記憶もあまりないから、別に悲しいとは思わなかったけど。

数年ぶりに再会した姉は、地味でおとなしくて、ださくて。私とは全然タイプの違う子だった。

でも姉は、仕事の忙しい父に代わって家事をしてくれた。私にご飯を作ってくれた。

これまで父とは、お店で買ったお弁当や外食ばかりだったから、〝家庭の味〟というものに、最初は感動したりもした。

でも私には都会の友達がいる。学校帰りにカラオケに行くのも、買い物に行くのも、全部付き合い。

父が〝仕事の付き合い〟で夜遅く帰ってくるのと同じ。

だから交際費にもお金がかかったし、父が置いていってくれる食費は、私の遊び代にさせてもらった。

お姉ちゃんは節約上手だったから、食費が減ってもうまくやりくりしていたし。

私は友達が多いし、色々付き合いがあるし、おしゃれにもお金がかかるから、しょうがないの。

そうしてそのうち、何かと使い勝手のいい姉のことを、友達には〝召し使い〟と言って笑うようになった。

口うるさいことは言ってきたけど、姉は私のことを許してくれた。

私はそんな姉に、甘えていた。

姉が高校に上がる頃、田舎の幼馴染とかいう男の子と一緒にいるのを見た。

それが、宗太君。

地味な男の子だったけど、私より姉にばかり優しくしているのが気に食わなくて、私に惚れさせてやろうと思った。

可愛くておしゃれな私は男の子から人気がある。男の子はみんな私に一番優しくしてくれるのに、宗太君が姉を一番に想っているのがわかって、イラついた。

だから今回も、二人で帰るという田舎に、興味もないのについていくことにした。

今回の旅行で、宗太君を私のものにしてやる。

男なんて、色仕掛けでもすればどうせ簡単に落ちるんだから。

なんなら、お姉ちゃんの見ている前で、宗太君にキスの一つでもしてやろうかな。


——なんて、そんなことを考えていたのに。

「こんなことになるなら、一緒に来なきゃよかった……。お姉ちゃんが作ったご飯が食べたい……」

ガタガタと震える身体をぎゅっと抱きしめて、今夜も私は一人、寒さと空腹と恐怖と戦った。

◆彼なりの優しさ

「俺はもう寝る。椛も早く寝ろよ」

「うん……」

日が暮れて、山犬たちも寝静まる頃。

夕食を済ませた後お風呂から出ると、銀夜はそう言って自室に消えていった。

あの後、銀夜とはちゃんと話をしていない。

玲生さんと黄太君に「おやすみなさい」を言い、私が使わせてもらっている部屋に向かう。

「……はぁ」

今日も私は生き延びたけど、これからどうすればいいんだろう。

薄暗い部屋の中、ふと天井を見上げる。胸の奥に重くのしかかる不安と孤独が、静かな夜の中で一層鮮明になる。

「おばあちゃん、お母さん……」

二人なら、どうすればいいのかわかっただろうか。私がもっとしっかりしていれば、もっと強くて頼りになる人間だったなら……。祖母と母の顔が頭に浮かび、涙が滲《にじ》んできた。

鬼の封印が弱まっている——。

「だからおばあちゃんは私を呼んだんだ……」

人間の世界で祠を守っていただろう祖母の跡を、私に継がせるために。祖母が話してくれたお伽噺や伝承が、今になって意味を持ち始める。

もっとちゃんと祖母から話を聞いていれば、何かヒントになったかもしれない。力の使い方がわかったかもしれない。

「宗ちゃん……」

それに、宗ちゃんだって、あのとき私に何か言おうとしていた。とても大切なことを言おうとしているように見えた。

結局それを聞くことができずに、私たちははぐれてしまったけど……死んでなんかいないよね？

「……」

私たちが転移してしまったあの場所にもう一度行けば、何かわかるかもしれない。

宗ちゃんが死んだなんて信じたくないし、何か手がかりが見つかるかもしれない。

「……よしっ！」

意を決した私は、寝間着を脱いでこの世界に来たときの洋服に着替えてスニーカーを履くと、裏口からそっと外へ抜け出した。

夜の冷たい風が肌に触れ、少しだけ身震いする。月明かりがぼんやりと足下を照らしている中、私は覚悟を決めて一歩踏み出した。

「――はぁ、はぁ……っ」

それから、ひたすら走った。

山犬の屋敷へは銀夜に運ばれてきたから、道をはっきりとは覚えていないけど。

それでも、小さい頃山で育った私なら、きっとなんとかなると根拠のない自信を抱き、止まらずに走った。

怪我だって治ったし、血の匂いがしなければ、きっと大丈夫。本当はとても怖いし、不安だけど……もう引き返せない。

「宗ちゃん……！」

とにかく、宗ちゃんを助けなきゃ。私のせいで彼を危険な目に遭わせてしまったのに、黙ってなんていられない。

お願い、どうか生きてて……！　もし生きていてくれたら、怪我をしていても私が必ず治すから――！

「痛……っ」

どれくらい走っただろう。かなり遠くまで来たと思うけど、暗闇で足がもつれて、転んでしまった。

そして、一度止まると気づいてしまう。

私の心臓は早鐘のように打ち、息が止まりそうなほど苦しいことに。疲れもあるだろうけど、そのほとんどは恐怖から来るものだ。

それに、とても寒い。山犬の屋敷にいたからわからなかったけど、この山は夜になるとこんなに冷えるのね。

「……っ」

恐怖を自覚した途端、身体がガチガチと震え出す。足にも力が入らない。でも、このままここで座り込んでいたらきっと死んでしまう。

「！」

そう思って力を振り絞り、立ち上がったとき。近くの茂みから、ガサガサと音が聞こえた。

ビクリと身体が揺れ、心臓が更に早鐘のように打ち始める。

「あやかし……？」

鬼ではないとしても、狼や他の野蛮なあやかしだったらまずい……。

そう思いつつ、足下に落ちていた木の棒を握り、構える。手のひらが汗で湿り、棒がわずかに震える。

「グォォォォ——！」

「熊……!?」

現れたのは、私の身長の倍はありそうな、大きな熊だった。あやかしではなさそうだけど、これも十分まずい。鋭い目が光り、巨体を揺らしながらゆっくりとこちらに近づいてくる。

「やばいやばいやばい……、こんな棒で勝てるわけないって……！」

わかっているけれど、武器はないよりましかも。

そう思いながら、熊に向かって木の棒を構えた。全身の震えを抑え、ドクドクと高鳴る鼓動を意識しながら、目の前の脅威と対峙《たいじ》する。

〝バキッ――〟

「……っ!!」

けれど、まったく怯《ひる》む様子を見せない熊は、あっさりと木の棒を弾き飛ばすと、私に大きな前脚を振り上げてきた。私の手から棒が飛び、絶望感が胸に広がる。

――駄目だ、私。今度こそ本当に死ぬ――。

死を覚悟したとき、頭の中に走馬燈《そうまとう》のように昔の記憶が蘇《よみがえ》ってきた。

優しかったけど、いつも祖母と一緒に何かをしていて忙しそうだった母。

……そうか、お母さんは封印を守っていたのね。私はあやかしの世界に来てしまったけど、向こうの世界は今、大丈夫かな？

……きっと、おばあちゃんがなんとかしてくれているよね？　でも私、何もできなかったな。父との思い出は全然ない。愛琉の我儘を聞いていた思い出のほうが、大きいかも。

愛琉、宗ちゃんを助けられなかったら、きっと怒るんだろうなぁ……。

怒ると言えば、銀夜よね。あんなに外は危険だって言われたのに。姫巫女様の血を受け継ぐ私がいなくなったら、きっと山神様になれないって、怒るよね。

……攫《さら》われたのか助けてくれたのか、わかんない感じだったけど……ごめんね、銀夜。

世界がゆっくり動いているような感覚の中、他人事のようにそんなことを考えていた、そのとき。

「――っ！」

ものすごい速さで、私の前に白い何かが現れた。

「……え、」

そして、熊の首の辺りで、きらりと閃光《せんこう》が走った直後。

〝ドォォォォン――〟

その白い何かが熊の後ろから飛んできて、着地した。それと同時に、熊は大きな音を立てて地面に倒れた。

「ぎん、や……」

あまりにも速くて、目で追えなかったけど。着地した銀夜は、刀を鞘《さや》に戻して私に視線を向けた。

「帰るぞ」

「……」

そしてただ一言静かにそう言うと、銀夜は人間の姿のまま、何も言えずに固まっている私を横抱きに抱えて、走り出す。

すごい……。あんなに大きな熊を、一太刀で仕留めてしまうなんて。その強大な力に、ただただ驚かされた。

でも――。

「……ごめんなさい」

「……」

聞こえたかはわからないけれど、小さくそう呟いて、銀夜の着物をぎゅっと摑んだ。

また、助けられてしまった。結局私は、何もできなかった。

何も言わずに私を抱えて走る銀夜に、胸がしめつけられる。

――私はただ、宗ちゃんを助けたかった。宗ちゃんを助けたい一心で駆け出したけれど、それすらもかなわず、銀夜の力に頼らざるを得ない自分が情けない。

今の私には、一人でなんとかするなんて無理なのだと、痛いほど思い知らされた。

この山には、あやかし以外にも危険な獣がたくさんいる。

私が手も足も出なかった大きな熊を、銀夜は簡単に倒してしまった。

その圧倒的な力を前に、自分の無力さを痛感せざるを得ない。

「……っ」

「……」

悔しくてこぼれた涙は、風に乗って流れていく。無力な自分に対する悔しさと、どうしようもない気持ちが募るばかりで、胸が苦しくてたまらない。

もし本当に私に姫巫女様の血が流れているのなら。特別な力があるのなら。

すぐにでも目覚めさせて、今度こそ宗ちゃんを助けに行きたい。

このときの銀夜の心地よい温もりの中で、ただただ静かに、私は涙を流した。


そして、あっという間に帰ってきた山犬の屋敷。

銀夜は私を抱えたまま部屋まで連れていくと、何も言わずにそっと降ろした。彼の腕のぬくもりがまだ身体に残る中、私は不安と後悔にさいなまれていた。

外は危険だとあれほど言われていたのに。怒鳴られてもおかしくない、勝手なことをしたのに。

「……ごめんなさい」

そのまま私を咎めずに部屋を出ていこうとした銀夜の背中に、改めて呟く。

「私、宗ちゃんを助けたくて」

何も聞いてこない銀夜に、自ら言い訳の言葉をこぼすと、彼は足を止めてくるりとこちらを振り返った。

「椛が無事でよかった。それだけだ」

「……っ」

怒らないの……？

意外な反応に、胸がぎゅっとしめつけられていく。銀夜の目には、厳しさよりも思いやりが浮かんでいた。

「そんなに助けたいんだな。大切な奴だったのか？　その男は」

「……大切な、友達だった」

「そうか……」

銀夜のやわらかな口調が私の感情を更に揺さぶり、再びじわりと涙が浮かぶ。それを見た銀夜は、私の前にあぐらをかいて座った。

「俺が一緒にいてやるから、泣くな」

「え……」

銀夜の口から紡《つむ》がれたあまりにも似合わないその言葉に、思わず涙が止まる。

「……とか言って、また変なことしようとするんじゃ」

「しない。そんなことより、傷。見せてみろ」

「……」

そう言いながら私に手を伸ばす銀夜に、私は初めて自分が手のひらを擦り剝いてしまっていたことに気がついた。

きっと転んだときだ……。必死すぎて、全然気づかなかった。

「これくらい、大したことないよ」

「いいから」

「あ……」

本当に、気づかなかったほどの軽い怪我だったけど。

銀夜は私の手を取ると、自分の唇をそこに当てた。彼のあたたかい唇が私の冷えた肌に触れると、ほのかな温もりが伝わってきた。

「……っ」

「痛いか？」

「……ううん、平気」

「そうか」

「……」

確認して、もう一度傷口に唇を寄せると、銀夜はそこをぺろりと舐めた。

小さな痛みと、くすぐったさとが入り交じる。

でもまるで、動物が大切な仲間にそうするみたいで。銀夜からの優しさが伝わってきて、なぜかまた泣きそうになった。

「……俺の妖力を送ったから、明日の朝には治ってるだろう」

「うん……ありがとう」

「……」

「銀夜？」

いつまでも手を離さない銀夜を不思議に思って首を傾げると、彼はきゅっと私の指先を握って呟いた。

「冷たい手だな。すっかり冷えてしまったか」

「うん……でも大丈夫――」

その直後。ぐっと手を引かれたかと思ったら、私の身体は一瞬銀夜に包まれた。

〝どろん〟

「……銀夜？」

「……」

抱きしめられたと思って一瞬ドキリとしたけれど、彼はすぐに山犬の姿になって私に寄り添った。

もふもふの被毛《ひもう》と、大きな身体はとてもあたたかい。

〝俺で暖《だん》を取れ〟そう言うように身体を丸くして伏せる銀夜は、こうして見るとやっぱり

ちょっと可愛い。

「ふふ、ありがとう」

そんな銀夜の温もりがとても心地よくて、胸の奥がじんわりする。

元の世界に戻れないのなら、やっぱりここにいるしかない。いつか私が姫巫女様の力に目覚めたら——宗ちゃんを捜しに行こう。そのために、一刻も早く力に目覚めなければ。

そう心に誓って、私はもふもふの銀夜と一緒に、目を閉じた。

翌朝目が覚めると、そこにはもう銀夜の姿はなかったけれど、私が寝つくまで一緒にいてくれたのを覚えている。

玲生さんが言っていたように、彼は悪い人じゃない。それにあれは、彼なりの精一杯の優しさだったんだと思う。

＊

こっちの世界に来て、数日が経った。

私を助けてくれた山犬のあやかし、銀夜が住処にしている古い日本家屋のようなこの屋敷で、私はお世話になっている。

こっちの世界に来てすぐの頃は不安でたまらなかったけど、この生活にも少しだけ慣れてきた。

本当に私が姫巫女様の血を受け継いでいて、その力が使えるのなら――。

祖母や他の人たちのためにも、鬼を封印しなければ。そして早く宗ちゃんのことを捜しに行きたい。きっと私のようになんとか逃げ延びて、どこかで生きてくれている。

そう信じて、一刻も早く姫巫女様の力に目覚められるよう、玲生さんや銀夜と試行錯誤を繰り返した。

銀夜のことは嫌いじゃないけど、結ばれるというのはやっぱりまだ受け入れられないから……。

とにかく力が目覚めないかと、妖力の使い方を聞いてみたり、あやかしや山神様、鬼に関する話を聞いたりした。

人間だけの世界で生きていた祖母も母も、あやかしと結ばれたわけではないと思う。

それでも封印の力があったのなら、私にだってできるはず。

「――でも、一向に目覚める気がしない……」

祖母や母は、どうやってその力が使えるようになったのだろうか。ちゃんと聞いておけばよかったと、心の底から思う……。

そういえば母が亡くなったとき――私が小学校を卒業した頃にも、祖母が私に「大切な話がある」と言ったことがあった。

父が迎えに来てしまい、その後すぐ都会に連れていかれたから結局その話は聞けなかったのよね。

でもきっと、祖母はあのときには既《すで》に私に話す気だったんだと思う。

「今更言っても仕方ないか……。とにかく、自分でなんとかしなくちゃ！」

祖母からもらった勾玉だけが頼りの私は、日々それを握りしめては心の中で「力よ目覚めろ力よ目覚めろ……」と唱えてみたりもしている。

そして、ここにただで住まわせてもらっている私は、せめて何か役に立てればと、洗濯や掃除、料理を手伝わせてもらっている。

この日も洗濯を終えて、一息つこうとしていたときだった。


「――椛！　喜べ、今日はご馳走《ちそう》だぞ！」

「銀夜、おかえり……って、何それ!?」

夕食の狩りに出ていたらしい銀夜は、大きな猪《いのしし》を担いで帰ってきた。

「玲生、今夜は猪鍋にするぞ！」

「ああ……それはいいけど……」

「…………」

「なんだよ椛、そんな顔して。美味《うま》そうだろ？　素直に喜べよ！」

はっはっはっ！　と、誇らしげな顔で笑っている銀夜は、ドスン！　と大きな音を立てて私の目の前に猪を置いた。

こ、こんな大きな猪を軽々と……。それに、この猪はもう……。

「ご、ごめんなさい、私ちょっと……」

「？　おい、椛！」

猪と、目が合ったような気がする……。そんなわけないのはわかっているけれど。

ふらつく足取りで、私は自室に戻った。

わかってる……。食事とは、生き物の命をいただくこと。

祖母にもずっと言われてきた。だから私は好き嫌いもないし、食材に感謝して日々の食事をとっている。

……のだけど。

さすがに、狩ってきたばかりの大猪を目の当たりにするのは、免疫がなさすぎて、その場にいられなかった。

銀夜はきっと、私が喜ぶと思っていたのでしょうけど……。ごめんなさい。

そのままふらふらと自室に倒れ込んだ私は、このようなことで本当にうまくやっていけるのだろうかと、久しぶりにこの世界に不安を感じた。

「――椛さん、気分はどう？」

「玲生さん」

そのまま部屋で休んでいたら、玲生さんが声をかけてくれた。

「先ほどはすみません、ちょっと驚いてしまって……」

「そうだよね。銀夜に悪気はないんだ、どうか許してやって欲しい」

「それはもちろん……！　怒ったわけではありませんので！」

「よかった。夕食ができたんだけど、食べられそう？」

「はい、ありがとうございます」

玲生さんとともに居間に行くと、いい匂いが鼻腔をくすぐった。

「わぁ、美味しそう」

「さっきの猪を鍋にしたんだけど……、もしかして椛さん、猪が苦手だった？」

「いいえ、そういうわけではありません」

あまり食べる機会はなかったけど。

「それじゃあ、どうぞ」

「ありがとうございます」

お椀《わん》からは、お味噌のいい香りがする。前から思っていたけど、玲生さんはお料理がとても上手。

「……あれ？　銀夜は……」

黄太君は既にお椀を抱えてがつがつと猪鍋を食べているけれど、銀夜がいない。

「うん、もうすぐ帰ってくると思うけど……あ、ほら、帰ってきた」

「？」

またどこかに行っていたらしい銀夜だけど、玲生さんがそう言った直後、勢いよく襖が開けられた。

「椛、これ……！」

「銀夜……その格好、どうしたの？」

勢いよく入ってきた銀夜に一瞬圧倒されて言葉を詰まらせた私は、彼の髪や着物に土汚れがついていることに驚いた。

「……そんなことより、これ」

「えっ？」

なんだかボロボロな銀夜だけど、ぐっと差し出された右手に握られていたのは、赤くて小さな——。

「……もみじの花？」

「ああ」

「私に？」

「そうだ」

「……」

どうして、もみじの花なんて……。

正直、もみじの花は人に贈るような華やかなものではない。私は自分と同じ名前だからその存在を知っているけれど、もみじが花を咲かせることを知らない人も多いような気がする。

だから戸惑っていると、銀夜は私の手を取ってその花を握らせた。まだ青い葉もついている。

「おまえにやる」

「……？」

「人間は花が好きなんだろ？　これはおまえと同じ名前の花だ。小さくて地味だが、健気《けなげ》な花だ。まだあまり咲いてなかったから、探していたら遅くなってしまったが……」

「！」

最後のほうは、ぼそぼそと呟くように言っていたけれど、彼の言いたいことがなんとなくわかった。

「この花を私にくれるために、わざわざ探してきてくれたの……？」

「さっきは驚かせて悪かった」

私から目を逸らして、照れくさそうに謝罪を口にする銀夜。

「ううん、ありがとう」

「やっと笑ったな」

「え？」

「俺はその顔が見たかったんだ。これくらいで喜ぶなら、またいくらでも取ってきてやる」

「銀夜……」

そういえば、こっちの世界に来てから銀夜の前で笑っていなかったかもしれない。

笑っている場合ではなかったのもあるけど、なんだか気持ちが軽くなったような気がする。

「汚れてるよ」

「あ？」

そんなことを考えながら、彼の髪についた土汚れを払おうと、背伸びをして手を伸ばした。

頭に葉っぱまで付いている……もう、一体何があったのよ。

すると、私の指先が彼の可愛らしい犬耳に触れてしまった。途端、ピクリと身体を揺らす銀夜。

「あ、ごめん、汚れを払おうと……」

「いや、いいんだ。……それより腹が減ったな！　飯にしよう」

「……うん」

ほんのりと頬を赤く染めたように見えた銀夜は、そう言うとぶるぶると頭を横に振り、葉っぱや土を吹き飛ばして黄太君の隣に座った。

後で掃除をしなければ……そう思いながら銀夜を目で追う。猪鍋を前にふぁさふぁさとしっぽを振っている姿がなんとも可愛くて、憎めない。

「おまえ汚いぞ。ちゃんと着替えてから来い」

「そんなことをしていたら黄太が全部食ってしまうだろう？」

「まぁな」

「やっぱり」

「たくさんあるから、慌てなくても大丈夫だよ、銀夜。さぁ、椛さんも」

「はい……！」

張り合うように猪鍋を食べる黄太君と銀夜を見て、玲生さんが小さく笑う。

その光景に、なんだか私までほっこりして、癒やされた。

この人たちは血の繋がらない他人なのに、まるで本当の家族のようだ。

〝――もみじの花はね、小さくて地味かもしれないけど、太陽に向かって一生懸命花を咲かせる、とても美しい花なのよ〟

昔、母がそう教えてくれた、もみじの花。

まさかこの世界で、もう一度それを教えてもらえるなんて。

銀夜は私を笑顔にするために、あんなにボロボロになってまでもみじの花を探しに行ってくれたのね。

彼の優しさに、また胸があたたかくなったような気がした。

◆もみじの花

「姫巫女と結ばれるには、どうしたらいいんだ……？」

姫巫女の血を受け継いでいる椛がこっちの世界にやってきて、数日が経った。

椛は俺の花嫁にするが、それからどうやって山神になればいいのかは、正直わからない。

そもそも、山神が姫巫女と結ばれたことで特別な力を手に入れ、鬼を封印したということは知っているが、具体的に何をどうしてそうなったのかは、わからない。

「とりあえず祝言《しゅうげん》を挙げればいいのか？」

「〝結ばれる〟と一口に言っても、心の繋がり身体の繋がり色々あると思うけど……。まずは彼女の心を開くことからだろうね」

「……心を開く？」

縁側で仰向けに寝転がりながらぽつりと呟いてしまった心の声に、いつの間にやってきたのか、玲生が反応した。

「今、椛さんは黄太と洗濯をしてくれているよ。慣れない世界で不安も多いだろうに」

「ああ……」

椛はこっちの世界に来てまだ日も浅いが、積極的に洗濯や料理、掃除を手伝ってくれる。

本来なら、そんなことをする余裕がなくてもおかしくはないはずだ。

「でも俺には、気を紛らわせるために一生懸命働いているように見えるな」

「気を紛らわせる？」

「知らない世界に突然やってきて、一緒に来た幼馴染とはぐれて、外に出ることもできず、変な男に突然求婚される。彼女は不安と恐怖でいっぱいだろうからね」

「……変な男って、俺のことか？」

「黄太と話すときは気を緩めているようだが、せめてもう少し心を開いてもらえなければ、結ばれるなんて無理だろう」

「おい、無視か？」

気に食わないことも言われたが、確かに玲生の言うことにも一理あるかもしれない。

椛はまだ俺を信用していない。

ここに来てすぐ逃げ出そうとしたし、その夜も椛が寝つくまで一緒にいたが、俺を警戒してしばらく眠りにつかなかった。

「だが心を開いてもらうって、どうすればいいんだ」

「そうだな。ありきたりだが、何か椛さんが喜びそうなものを贈るとか？」

「ありきたりなのか？　俺は女に贈り物なんかしたことがないぞ」

「……」

そう言うと、玲生は何も言わずに苦笑いを浮かべた。

だが、そんなこと思いつきもしなかった。さすが、玲生。こいつは俺よりも人間のことに詳しい。

「よし、そういうことならわかった。ちょっと待ってろ！」

ポキポキと指を鳴らして軽く肩を回した俺は、今夜は大物を捕まえて椛を喜ばせようと、張り切って狩りに出た。

そして捕まえてきたのは、大きな猪。今夜は猪鍋だ。たらふく肉が食えると、椛も喜ぶはずだ！

そう思って意気揚々と獲物を椛の前に置いたが、椛は顔をしかめ、真っ青になって自分の部屋に引っ込んでしまった。

「どうしたんだ、椛。腹でも痛いのか？」

「……銀夜、違う。俺が言った贈り物とは、大猪のことではない」

「じゃあなんだ？　鹿か？」

「そうではなくて……もっと美しいもの。たとえば花とか、そういうものを贈るんだ」

「何、花だと!?」

椛の背中を見送って、玲生が溜め息をつきながら言った言葉に、今度は俺が顔をしかめる。

「花なんて、食っても美味くないぞ？」

「いや、食べるためではなくて、愛でるために贈るんだ。人間の女性は綺麗なものが好きなんだよ」

「へぇ……変わってるんだな」

「……」

俺の反応を見て、玲生はまた苦笑いを浮かべた。

それにしても、花なんてそこら辺に咲いているだろう。椛は遠くへは行けないが、俺の縄張りの範囲なら外に出てもいいし、花くらいならこの庭にだって咲いている。

だから花なんてもらって何が嬉しいのかわからないが、とにかく花を採ってくればいいんだな。

そう思い直し、もう一度山に出ることにした俺は、猪を玲生に任せて考えた。

「花……花……花、か……」

どうせなら、庭には咲いていない花がいい。

……そういえば、死んだ母が昔、言っていた。

『もみじの葉って、とても綺麗でしょう？』

『うん。もみじは秋の葉っぱでしょ？』

『ふふ、そうね。でもね、春にも可愛い花を咲かせるのよ。一生懸命咲いていて、健気で大好きなの――』

母が好んで着ていた着物の柄は、赤く紅葉したもみじの葉。

母と一緒によく見ていたせいか、俺も物心ついたときから無性にもみじが好きだった。

そのもみじと、姫巫女の血を受け継いでいる女が同じ名前だった。

そんな偶然に母のことを思い出し、椛には母の着物を貸すことにした。

「――そうだ、この季節なら、もしかして」

既に咲いているかもしれない。

この山にはあちこちにもみじの木がある。屋敷の裏手にもたくさんのもみじの木があって、秋になると真っ赤に染まるその場所を、母が好きだった。

それで子供の頃よく、父と母と一緒に眺めたものだ。

「屋敷裏のもみじはまだ花を咲かせていなかったが……探せばどこかにあるだろう」

この山は広いんだ。

そう思い、もみじの花を探して走った。

……のはいいが。

やはりまだもみじの花には時期が少し早かったようで、どこにも咲いていなかった。

それで、咲いている花はないかと木に登って枝から枝へ飛び回り、ようやく見つけたのはかなり上の細い枝に咲いた花。

なんとか掴んだが、俺の重みに枝が耐え切れず大きくしなり、派手に落ちた。

それでも今度はちゃんと俺からの贈り物を受け取った椛が笑ってくれたから、これでよかったのだと思う。

◆犬時とのギャップ

その日の夜。

なかなか寝つけなかった私は、外の空気を吸おうと思い、部屋を出た。

——銀夜……?

廊下を歩いた先にある縁側には、月明かりに照らされた銀夜の姿が見えた。彼は白い寝間着を着て、袖を通さず肩に羽織をかけ、あぐらをかいて座っている。

彼の視線は遠くに向けられ、ぼんやりと空を仰いでいる。

その姿はまるでお伽噺に出てくる人物のようで、心がざわつくほど美しかった。

……何か考え事をしているのかしら。

銀夜が私に気づく前に、その顔立ちに目を奪われる。

ぱっちりとした二重《ふたえ》の目に、高い鼻、形のいい唇と、なめらかな頬。

彼の存在は月の光の中で一層引き立っていた。人間離れしたその美しさに、思わず鼓動が跳ねる。

「——椛。まだ起きていたのか」

じっと見つめていたら、銀夜が私に気づいて声をかけてきた。目が合った瞬間、私の鼓動は更に大きく打ち始めたけれど、平静を装って答える。

「銀夜も」

「ああ。眠れないのか？」

「うん……」

「まぁ、座れよ」

そう言われた私はおずおずと彼に近づき、遠慮がちに隣に座る。

近くで見ると、銀夜の頬がほんのりと赤く染まっているような気がした。お酒を飲んでいたのね。彼の右隣に、徳利《とっくり》とお猪口《ちょこ》があるわ。

普段とは少し違う、リラックスした姿の銀夜と距離が近くて、なんだか私は緊張してしまう。

「……猪鍋、すごく美味しかった」

「そうか」

「ありがとう。お花も、私の部屋に飾ったよ」

「そうか」

「うん」

銀夜が私のことを考えてしてくれたことだと思うと、とても嬉しかったし、もみじの花は本当に元気が出た。

「椛、酌《しゃく》をしてくれないか？」

「いいよ」

一言、静かにそう言って。銀夜は徳利を私に持たせると、空になったお猪口を差し出してきた。

「あ……っ」

「おっと」

でもお酌なんてしたことがないから、どれくらい注《つ》いだらいいのかわからず、少しこぼしてしまった。緊張してしまったせいもあったかもしれない。

銀夜がすぐに口をつけてくれたからそんなにたくさんはこぼれなかったけど。

「ごめん」

「いや、椛も飲むか？」

「えっ？　駄目だよ、私は未成年だから」

「なんだ、椛は酒が飲めないのか」

「……」

そういえば、銀夜はいくつなんだろう。

見た目は二十代前半くらいだけど、あやかしの寿命ってどうなってるのかな……。

カラカラと笑っている銀夜は、先ほど一人でいたときと違い、なんだかご機嫌に見える。

その証拠に、ふさふさのしっぽを横に揺らしている。

最初は銀夜のことを少し怖いと思ったけれど、今は可愛いと思うことが増えた。

だから二人きりでも、平気。

「ふふっ」

「どうした？」

「銀夜って、可愛いよね」

「……はあ？　俺が可愛い？」

「身体は大きいけど、やっぱり山犬なんだなって。嬉しいときしっぽが揺れるのね」

「ああ……」

可愛いという言葉に不満そうな声を出した銀夜の見た目はほとんど人間だけど、やっぱりこれだけは不思議。

「その耳も、ぴくぴく動いて可愛い」

「……触ってみるか？」

「え？　いいの？」

「別に構わない」

「それじゃあ、ちょっとだけ……」

先ほど、銀夜についていた葉っぱや土汚れを払おうと髪に手を伸ばしたとき、少しだけ耳に触れてしまってから、実はその感触がずっと手に残っていた。

やわらかくて、あたたかくて……可愛かった。もっと触りたいと思ってしまった。

だから銀夜の言葉にありがたく頷いて、そっと手を伸ばす。指先が彼の耳に触れた瞬間、やわらかさと温もりが伝わってきた。

「わぁ……やっぱり可愛い」

「……そうか？」

「うん。痛くない？」

「痛くない。……気持ちがいい」

「えっ」

なでなでと、本当の犬を撫でるときのように優しく触れていたら、ふと銀夜がそう呟いた。

ドキリとして犬耳から彼の目に視線を落としたら、銀夜は思いの外《ほか》とろんとした目で私を見ていた。

「……」

「……」

座っていても私より背の高い銀夜の頭から生えている犬耳に触れるため、私は背筋を伸ばしていた。

犬耳にばかり気を取られていたけれど、私は銀夜の顔にとても近づいていたのだ。

「あ……、えっと……」

「もっと、撫でてくれ」

「えっ」

銀夜、もしかして酔ってる……？

ぐいっと、更に身を寄せてきた銀夜に鼓動が高鳴って、動揺してしまった私は反射的に身を引いた。

けれど私を逃がさないとでも言うように、銀夜がますます距離を近づけてきたかと思ったら、私の顎《あご》をくいっと摑んだ。

「……椛」

「………ぎん、や」

そのまま上を向かされ、銀夜から視線を逸らせなくなる。

月明かりの下で輝く銀夜の銀髪も青い瞳も本当に美しくて、まるで夢の中にいるような感覚になる。彼の呼吸が近くで感じられ、ほのかに香るお酒の匂いに私は息を吞んだ。

きっと、このまま口づけられても、私は逃げられない――。

そんな思いが頭をよぎったとき。

〝どろん――〟

「……銀夜？」

彼は突然犬の姿になると、そのまま〝伏せ〟をして目を閉じ、私の膝の上にぽふりと顎を乗せた。私の視界には、ぴんと立った耳と、すんすんと小さく動く鼻が映る。銀夜はまるで子犬のように甘えている。

「もう、びっくりした……」

キスされるのかと思った。

心臓がまだ高鳴っている。でも、たぶん銀夜は酔っているだけだ。

「……よしよし」

そんな銀夜の頭を撫でると、彼は気持ちよさそうに「くぅん」と小さく鳴いた。私の手のひらに触れるもふもふの感触が、心の奥をくすぐる。

やばい、可愛い……。

今日の銀夜はなんだか甘えん坊。こうしていると、本当にわんこみたいで可愛い。

心がほっこりとあたたかくなり、彼の無防備な姿に安心感さえ覚えた。

「……銀夜、ありがとう」

「……」

最初はこの姿だから怖かったはずなのに。

いつの間にか、私はわんこ銀夜にとても癒やされるようになっていた——。

＊

「……んん」

眩《まぶ》しさを感じて目を開けると、朝日がやわらかに差し込んでいた。陽の光が辺りを優しく照らし、朝の訪れを告げている。

いつの間に寝てしまったんだろう。

私はあのまま縁側で横になってしまったらしい。銀夜も犬の姿で隣にいて、まだ寝ている様子。

でも、私の身体には銀夜の羽織がかけられていた。

犬の姿の銀夜はもふもふであたたかいし、おかげで寒くなかったけど……。

「銀夜、一度起きたのかな？」

でも、そのまま私とここで寝たの？

昨夜の銀夜を思い出す。

月明かりの下で、何かを真剣に考えている様子の銀夜は、神秘的な美しさだった。今はその美しい彼が、まるで子犬のように無邪気に眠っている。これが同一人物だなんて、不思議な気持ちになる。

「……」

規則正しい寝息を立てているわんこ銀夜を、じっと見つめる。彼の穏やかな呼吸が辺りの静けさを引き立てている。

彼が隣にいてくれたことで、夜の不安が少しずつ和らいでいったのを覚えている。

もしかして、私が眠れないのを悟って一緒にいてくれたの？

一度は人型に戻って私に羽織をかけてくれたみたいなのに、また犬の姿になったのは、私が寒くないように？

それとも、そのほうが安心できると思って？

「……銀夜——」

「銀夜！」

「！」

なぜだかドキドキする鼓動を抑えて、そっと彼に手を伸ばしていた私は、後ろから聞こえた玲生さんの声に大袈裟《おおげさ》に身体を弾ませた。

「またこんなところで寝て——あれ？　椛さん？」

「あ……、玲生さん。おはようございます！　その、昨日二人で少しお話をしていて、そのまま寝てしまったみたいで……！」

「そうなんだ。でも、こんなところで寝たら風邪を引いてしまうよ？」

「はい、気をつけます」

びっくりした……。心臓が飛び出すかと思った。

耳が熱くなるのを感じながら、汗が額にじわりと浮かび、気恥ずかしさと焦りが一気に押し寄せる。

「ふあ〜あ、……もう朝か」

玲生さんに向き合って話していたら、背後から〝どろん〟という音が聞こえて銀夜がのそりと起き上がった。

人の姿になって、大きく伸びをしている。

「おはよう、銀夜――」

そんな銀夜を振り返って、私は息を詰まらせた。

寝間着一枚の銀夜だけど、襟元が大きくはだけて、たくましい胸元が思いっ切り見えている。

「わぁ!?」

「あ?」

「ぎ、銀夜……、胸元が……!」

「……?」

銀夜は、なんだかよくわかっていないような顔で首を傾げた。

「本当に勘弁して……。銀夜はわんこのときとギャップがありすぎて困る……」

「???」

「はは……。まぁ、とにかく俺は朝食を作るから、二人は着替えておいで」

「はい!　私もすぐ行きますので!!」

そんな私たちを見て、玲生さんは小さく笑っていた。

◆これが嫉妬なのか……？

今朝も玲生が料理してくれた朝の食卓を囲んで一日が始まる。

食事作りは椛も手伝ってくれるようになったが、昨夜は椛を晩酌に付き合わせたせいで、俺たちは二人揃って寝坊した。

だが椛が寝坊するくらいゆっくり眠れたのなら、よかった。

もう警戒心がなくなったらしい椛は素直に笑っていて、最初の頃の強ばった表情も見せなくなった。

椛の笑った顔は、素直に可愛いと思った。早く椛と結ばれて、俺は山神になりたい。

そして鬼を封印する――。

そう焦ってしまっていたが、玲生にも「それは逆効果だ」と言われた。

しかし、〝結ばれる〟とは、具体的に何をどうすればいいのかもわからない。

身体の繋がりはものすごく嫌そうにしていた椛だが、だからといって心がすぐに繋がれるものかと言えば、そうではない。そもそも俺にはそんなことを言っている余裕はない。

早く、早く鬼を封印して仇《かたき》を討ちたい……！

玲生だって気持ちは同じはずだ。だが、だからこそ、玲生が「焦るな」と言うのなら、焦らないほうがいいのかもしれない。

玲生は賢くて冷静だ。そんな玲生に俺も救われてきたのは、事実だ。

だから俺も一旦冷静になり、夜中に酒を飲みながら縁側で月を眺めて、これからのことを考えていたら……椛も起きてきた。

椛に耳を撫でられて気持ちよくなってしまった俺は、ついそのまま椛と縁側で寝てしまった。

椛が風邪を引かないように、羽織をかけて、犬の姿になって、椛をあたためながら。

椛とくっついていると気持ちがいいというか、心地がいいというか……。

あれが、姫巫女の癒やしの力なのだろうか？

「……それにしても椛、遅いな」

「ちょっと呼んでくるよ」

「ああ」

着替えてくると言ったきり戻ってこない椛。玲生が呼びに行くと言うから、俺と黄太はおとなしく待つことにした。

だが――。

『わっ!? 玲生さん……！』

『す、すまない……!!』

「!?」

遠くで聞こえた椛の悲鳴のような声に、俺は反射的に立ち上がると、声のしたほうへ駆け出した。

「どうした!?」

「あ……いや、その……」

椛の部屋の前には、明らかに動揺している玲生の姿。なぜか頬も赤い。普段は冷静で落ち着いた玲生がこんな表情を見せるのは珍しく、更に俺の不安を煽った。

「どうしたんだ、玲生。椛は無事か?」

「……椛さんがまだ着替えているとは、思わず……」

「何!?」

まさか、着替え中に開けたのか!?

口元を手で覆い、誤魔化すように目を伏せる玲生に、俺の中で何かがメラリと燃えた気がした。

椛がどんな姿だったのか想像すると、感情が抑えきれなくなる。

「玲生! 抜け駆けは許さないぞ!!」

「すまない、声はかけたのだが、返事がなくて開けてしまったんだ……」

「……っ!」

そんな言い訳は聞きたくない!

俺の中で怒りが渦巻き、心臓が激しく打ち始める。

「それに、見たのは背中だけだ。安心してくれ」

「!?」

と言いつつも、何を思い出したのか。玲生はそこまで言ってまた顔を赤くした。

安心なんてできるか……！　くそっ、そんなに赤くなるほど艶っぽかったということか!?

俺だって見たことないというのに。

……やっぱり許さない!!

「ヴ〜」

「……悪かったって、銀夜。怒るな」

威嚇する俺に、玲生は苦笑しながら小さく息を吐いた。

「椛は俺の花嫁にすると言っただろう」

「わかっている、これからは気をつけるから」

「すみません、お待たせしました……わっ、銀夜！　というか二人とも、こんなところで何を……」

そのとき、襖が開いて部屋から出てきた椛が、俺を見て驚きと困惑が混じった表情を浮かべた。

なんだよ。玲生はいいのに、俺がいたらまずいのか？

椛が玲生と親密にしているのを見ると、なんとも言えないもやもやとした気持ちが胸をしめつけた。

「──まだ怒ってるの……?」

「別に、怒ってなんかいない」

朝食を終えて、玲生に後片付けを任せた俺の隣で、椛がそっと尋《たず》ねてくる。

「私も悪かったの、考え事をしていて玲生さんの声にすぐ反応できなかったから」

「考え事?」

「そう。とにかく、玲生さんは悪くないから」

椛の言葉からは、玲生に対する気遣いが感じられた。別にいつまでも本気で怒っていたわけではないが、再び俺の心に小さな炎が宿る。

「……着替えを見られたのに、玲生を庇《かば》うのか」

「え?」

「そもそも俺のことは呼び捨てなのに、玲生には〝さん〟付けだよな」

自分で言いながら、俺は何を言っているんだ? と疑問に思う。

別に好きなように呼べばいいだろうとは思うのに、俺に対する態度と玲生への態度の違いが、妙に気になる。

「銀夜とは最初がああだったから……ついタメ口で話しちゃうんだよね。嫌だった?」

「嫌というわけではないが、玲生には丁寧なのが気に食わない」

「じゃあ、あなたにもさん付けすればいいんですね。わかりましたよ、銀夜さん」

「……やっぱやめ。今まで通りでいい」

「はぁ？　なんなのよ」

「…………」

本当に、なんなんだ、この感覚は。

だが、敬語を使われるとそれはそれで壁を感じて嫌だった。椛の態度一つ一つが気になり、どうにも落ち着かない。なんなんだ、このもやもやとした感じは……。

「銀夜」

「なんだ」

「もしかして、焼きもち？」

「!?」

椛が冗談めかして問いかける。その目が、まるで何かを見透かしているようで、俺の心がドキリと跳ね上がった。

「ああ、そうなんだ」

「ちが……っ！」

にや、という音が聞こえてきそうなほどの笑みを浮かべて、大袈裟な溜め息をつく椛。その顔には、まるで俺の反応を楽しんでいるかのような余裕が見え隠れしていた。

「なぜこの俺が焼きもちを焼かなければならないんだ……！　俺は山犬の当主だぞ!?」

「はいはい、銀夜はすごいよ、格好いいよ」

「……!!」

完全に馬鹿にされている。勝手に頭を撫でられたから、その手を払いのけてやろうと思ったが――。

〝どろん〟

「わっ！」

やっぱり椛の手が気持ちよくて、そのまま犬の姿になって存分に撫でさせることにした。

ふん！　玲生は椛に撫でられたことはないだろう？　俺が満足するまでやめるんじゃないぞ！

そう思いながら。

……………これが、嫉妬なのか？

◆鬼のあやかし

「椛。今夜から同じ部屋で寝るぞ」

「……はい？」

朝食の片付けを終えた頃。

何か言いたげに私を見つめている銀夜の視線に気づいて首を傾げたら、彼は唐突にそう言った。

この人はまた……いきなり何を言い出すのかと思えば。

「どうして？　私はちゃんと部屋を借りてるけど」

「絆《きずな》を深めるためだ。そうすれば心を結べるかもしれない」

「……」

心を結ぶ。なるほど。……でも本当にそれが目的？

そんなことを言いながら、本当は心より先に身体を結ぼうとしているわけじゃないでしょうね？

「なんだ、その顔は。嫌だって言うのか？」

「うん。やだ」

「……!? な、なぜだ……!」

「なぜって……。そんなの嫌に決まってるでしょう? 結婚したわけじゃないんだし。それに銀夜、変なことしてきそうだもん」

「しない! だいたい、この間縁側で一緒に寝ただろう! 俺はおまえの嫌がることをしたか!?」

「されてないけど……でも、別に必要ないでしょう?」

「いや、俺はあれからおまえのことが少し気になるようになってきた。だから繰り返したいが、縁側で寝たらおまえが風邪を引くだろう? 人間は弱いから」

「…………」

表情を変えずに、なんでもないことのように、さらりと告げられたけど。

銀夜は今、〝私のことが気になる〟って言った? それってどういう意味……?

あまりにも正直な言葉にちょっと動揺してしまったけれど、別に〝好き〟って言ったわけではないよね。

「とにかく、一緒には寝ない」

「それだと、俺と玲生とで差がないだろう」

「……差? なんの差?」

「おまえは俺の花嫁にするんだ。あやかしは一途《いちず》な種族だ。こいつと決めた相手だけを一生一途に想い続け、添い遂げる。俺はそれをおまえに決めた」

「……」

「だからおまえの気持ちが玲生に向かないように、俺の近くにいさせる」

「……」

ものすごく堂々とした、独占欲なのね。

銀夜があまりにも堂々としているから、何も言い返せなかった。

今は人の姿をしているのに、銀夜が犬に見えた。ふんふん言いながらしっぽを振って、ふんぞり返っている犬に。

だからこの間も、玲生さんに焼きもちを焼いているような態度を取っていたのね。

「別に私は、玲生さんのことを好きになったりしないよ？」

「いいや、わからないだろ？　人間は心変わりする生き物だからな」

「ちょ、ちょっと、近い……！」

ずいっと顔を寄せてきた銀夜にドキッとして、つい思い切り押し返してしまった。

「……痛っ」

「そんなに近づく必要ないでしょう！　それに、心変わりも何も、私はまだあなたの花嫁になるって決めたわけでもないから……！」

「じゃあ、玲生の花嫁になる気か？」

「だから、そうじゃなくて……‼」

あやかしの恋愛観って、どうなってるの？

そもそも、銀夜だって私を花嫁にすると決めたからといって、私のことが好きなわけではないよね？

……そうよ。私に姫巫女の血が流れているから。

だから花嫁にするだけ。

あやかしは、浮気はしなくても、愛がなくても結婚できる種族ってことかしら。

「……私、洗濯してくる」

「おい、椛──！」

銀夜がまだごちゃごちゃ言っていたけど、やっぱり嫌だよ。同じ部屋で寝るなんて。

この間縁側で一緒に寝ちゃったのは、事故だから！

銀夜はあれで、見た目だけはいいから近くにいるとやっぱりドキドキしちゃう。

二人きりの室内で眠れる気がしない。

＊

「──おかえり、銀夜」

「玲生はまだ戻ってないのか？」

「うん」

日が暮れてきた頃、夕食の食材を調達に行っていた銀夜が帰ってきた。

私が洗濯物を干しているうちに、玲生さんと黄太君もどこかに出かけていったけど、二人はまだ戻ってきていない。

行き先は特に聞いていないけど、この時間になっても帰ってこないのは珍しい。

「今日は鮎《あゆ》が獲れたぞ」

「ありがとう。夕食の用意も、もうほとんどできてるんだけど……」

「じゃあ俺たちだけで先に食ってるか」

「うん……」

腹減った。と言いながら、銀夜は鮎を七輪《しちりん》に次々と並べて火をつけた。

銀夜は妖力を使って、一瞬で火をつけることができる。

私のいた世界にあったガスコンロと同じくらい……ううん、それ以上に便利な力だと思う。

「いいなぁ、その力」

「そうか？　俺も椛が料理してくれるようになって助かってる。さすがに一瞬で料理ができるわけじゃないからな。それに洗濯も頻繁にしてくれるし」

「銀夜、前は何日もずっと同じものを着ていたんでしょう？」

「別に誰も気にしないだろ」

「私はちょっと気にする」

「だから、今は助かってる」

「……そっか」

ここには女性はいないようだし、あやかしである銀夜は人間のように弱くないので、滅多《めった》なことでは風邪を引いたりお腹を壊したりという、病気にかかることはないらしい。

だからといって、お風呂に入らないわけではないし、火を使って料理もするようだから、不衛生だとか不潔というほどでもないけれど。

でも、現代の日本から来た私とは少し感覚がずれているところがある。

そもそも、こんな山奥に住んでいるのはあやかしと玲生さんくらいだと思うけど、他のあやかしとは交流があるのかしら？

玲生さんがなぜこんなところにいるのかは今でも謎だけど、あやかしには女性もいるはず。

……女性の山犬もいるのかな？　銀夜に、恋人のような人はいなかったの？

あやかしは一途で、相手を決めたら一生添い遂げると言っていたけど……。

もし銀夜に決めた相手がいたら、私が姫巫女の血を継いでいても花嫁にするとは言わなかったのかな？

「……」

七輪の前にしゃがんで、パタパタとうちわで煽ぎながら「美味そう」と呟いている銀夜をそっと見つめる。

可愛らしい犬耳をぴくぴく動かしているけれど、緩んでいる着物の襟元からはたくましい胸板が覗いていて、とても男らしい。

斜め上から見える銀夜の長いまつげも髪と同じ白銀色で、鼻が高くて少し彫りが深くて、まるで神様が作った彫像のように美しい。

……銀夜を見ているとドキドキしてしまう自分には、本当はもう気づいてる。

元の世界に戻りたい気持ちはあるけれど、銀夜と一緒にこうして暮らしている今の生活も悪くないかもしれない。

一瞬でもそんなことを考えてしまった私に、突如として事件は起きた——。

「玲生さんたち、遅いね」

「そうだなぁ。まぁ、そのうち帰ってくるって」

「うん」

結局魚が焼けても玲生さんと黄太君は帰ってこなかったから、私は銀夜と二人で先に夕食をとった。

片付けも終わらせて、お風呂を沸かそうかと話していたとき。

「――！」

「どうしたの？」

突然、銀夜の耳がピクリと動いたと思ったら、険しい表情を見せた彼はものすごい速さで居間を出た。

「銀夜？」

「椛、おまえは絶対外に出てくるな!!」

「……え？」

銀夜のあまりの剣幕に、ただ事ではない何かがあったのだと悟る。

言われた通りおとなしく部屋の中にいようと思ったけれど、何があったのか気になった私は、黙っていることなんてできずにそっと外の様子を窺った。

「！」

そこには、ひときわ異彩を放つ男が立っていた。

この屋敷は山の奥に建てられているけれど、敷地はとても広い。

庭だってどこぞのお金持ちかと思うほどに広いのだけど、勝手に塀を飛び越えて入ってきたのか、その庭で銀夜は静かに男と対峙していた。銀夜の周りには、まるで獲物を狙うかのような低い姿勢をとっている山犬たちもいる。

黒に銀色のメッシュが入ったような髪に、黒、金、銀の派手な着物を着た大きな男。男の腰には刀が差してある。その存在は夜の闇そのもののようだ。

「一体なんの用だ」

警戒心剝き出しで、先に銀夜が問う。

「……女がいるだろ？　人間の女が」

男の口角がにやりと上がり、静かに声を発したその瞬間。

まるで背中に氷を押しつけられたのかと思うほど、ぞくぞくとした寒気が全身に広がった。

無防備に見えるけど、隙がないことをそのオーラから感じる。

この世の者とは思えないほど恐ろしい雰囲気。目を見るだけで殺されるような気がした。

私にでもわかる。たぶんこの男、鬼だ――。

「……だったらなんだ」

「ここに置いているのには、理由があるんだろう？　俺がそれに気づかないとでも？」

「ここが俺の縄張りだと、わかっていて来たんだろうな」

「あぁ……その薄汚い犬小屋、まだあったんだな」

「なんだと!?」

男に挑発され、銀夜と山犬たちは低い唸り声を上げながら身構えた。

「犬ころどもは俺が殺したというのに、まだ力の差をわかっていないのか。面倒な狐は留守にしているようだし、貴様は頭が足りないから、仕方ないか」

「てめぇ……!!」

犬を殺した……？

その言葉に、嫌な汗が背中を伝う。

この屋敷は、住んでいる人数のわりにはすごく広いと思っていた。もしかして、本当はもっとたくさんの山犬たちが住んでいたの……？

その中には、女性の山犬も……？　だって私は女物の着物を借りているのに、今この屋敷に女性は一人も住んでいない。

銀夜が鬼の封印を急いでいる理由は、もしかして――。

「とにかく、椛は渡さない」

銀夜の言葉には揺るぎない決意が感じられた。全身から放たれる威圧感が、庭全体を包み込んでいるように見える。

「ほう、もみじ……椛というのか。ふはは……っ、愉快だな」

けれど、男はそんな銀夜を軽く嘲笑った。何が面白いんだろう。私の名前を意味深に口にしている。

「とにかく、あの女を先に見つけたのは我々だ。貴様が勝手に連れ去ったがな。だから渡してもらうぞ」

「誰が渡すか!!」

「では力ずくで奪うまでだ」

男がそう言った直後、何かを察知したように山犬たちが男に飛びかかった。身体は山犬のほ・

うが大きい。山犬は鋭い牙も爪も持っている。それなのに、山犬たちは男に触れる前に、何か・

によって弾き飛ばされた。

「きゃん！」

「おまえら！　――!!」

銀夜が山犬たちに気を取られた一瞬を狙って、男は銀夜目がけて手を振り上げる。

「逃げ足が速いだけの負け犬が、この俺に敵うと思っているのか？」

「ぐぁぁあ――っ!!」

「！」

余裕を感じる冷たい声でそう告げると、男は銀夜の左肩を引き裂いた。武器も使っていなければ、鋭い爪が生えているようにも見えないのに。

「山犬は目障《めざわ》りだが……貴様ごときには、本気を出す気にもならんな」

「……っ」

男は銀夜の上に跨《また》がると、顔色一つ変えずに銀夜の胸倉を掴んで再び手を振り上げた。

「やめて!!」

銀夜が殺される――！

そう思ったときには、咄嗟《とっさ》に飛び出し夢中で叫んでいた。

銀夜が殺されるなんて、そんなの絶対に嫌。

その一心で駆け出した私は男のもとまで行き、無我夢中で振り上げられていたその腕に飛びついた。

「なんだ？」

「……っ！」

すべての力を込めて押さえたつもりだけど、男の右腕一本にあっさりと振り払われた私は、後ろに飛ばされて地面に倒れ込んだ。

「椛！」

直後、首元に感じるピリ、とした痛み。

そこに手を当てると、じんわりと血が滲んでいるのがわかった。深くは切れていないと思うけど、男の手が擦っただけで切れるなんて。

「なるほど、この女が椛か」

「……っ」

「自ら出てきてくれるとは」

「椛、逃げろ……‼」

男が銀夜から手を離し、こちらに向かってゆっくり歩いてくる。その歩みには時空を超越した冷徹さが感じられた。

怖い……。

まるでこの世の者とは思えない、その圧倒的な存在感。これでまだ完全に力が戻ったわけではないというの？

銀夜に言われたように、逃げたい。でも……私が逃げたせいで、宗ちゃんは——。

宗ちゃんは囮になって私を逃がしてくれた。また同じように逃げてもいいの？　助けてくれた銀夜を置いて、逃げていいの？

……そんなの、嫌に決まってる。

「銀夜を、これ以上傷つけないで」

「……」

男の視線が、まっすぐ私に注がれている。ドクドクと、全身が大きく脈打つ。

「椛、おまえは出てくるなと言っただろう……！」

男の後ろで、銀夜が身体を起こしてこっちに来ようとしているのがわかる。でも銀夜の肩からは止めどなく血が流れている。

動いちゃ駄目だよ、銀夜。

私は必死で男を睨みつけたけど、恐怖で立ち上がることもできずにいる。

それでも震える足をなんとか動かして後退っていた私に追いつくと、男はにやりと口角を上げて手を伸ばしてきた。

殺される——。

「ああ……やっと、やっと会えた。ずっとおまえを待っていた」

そう思ったのに。

「……え？」

伸ばした手で腕を摑むと、男は私をひょいと立ち上がらせてその胸に抱きしめた。

殺されるのだと覚悟していた私は、恐怖と混乱で一瞬思考が停止する。

「今度こそおまえは俺のものだ」

「……？」

その言葉が耳に届いた瞬間、心臓が激しく震えた。今までの恐怖と混乱が一瞬にして凝縮され、息が詰まるような感覚に襲われた。

この人は、何を言っているの？

銀夜にも近いことを言われたけれど、何かが違う。

銀夜の言葉にも愛を感じたわけではなかったけど……この人の言葉からは、とても独りよがりな想いを感じる。

「椛に触れるな——!!」

「……っ！」

硬直してしまっていた私だけど、銀夜は刀を抜いて叫ぶと、ものすごい速さで男に斬りかかった。

男は紙一重でそれをかわし、その反動で私からも手を離す。

「椛!!」

「銀夜……!」

「渡すものか――!!」

銀夜のことを強く想って名前を呼んだ瞬間。胸の辺りが熱くなったかと思ったら、そこから赤い光が溢れ出した。

「何、これ……」

光の正体――それは、祖母からもらった勾玉のお守りだった。普段は着物の中に隠しているのだけど、こんなふうに光を放つのは初めてだ。

そして、まるで共鳴するかのように銀夜の刀に埋められた白い宝玉も、光を発した。

「おまえはまた、俺を拒むのか……!?」

「え……?」

それを見た途端、男は顔色を変え、とても悔しそうに叫んだ。彼の声からは深い失望と怒りが滲み出ている。

けれど、どうやらそれ以上私に近づくことができない様子。

何がなんだかわからないけど、もしかしておばあちゃんのお守りが効いているの？

それにしても、〝また〟とは、一体どういうこと？

さっきも、まるで私のことを知っているような口ぶりだったけど……もしかして、姫巫女様と何か関係があるの……？

「銀夜！　椛さん!!」

「……玲生さん！」

互いに一歩も動くことができずにいたそのとき、玲生さんが私たちの名前を呼んだ。

玲生さん、黄太君……帰ってきたのね。

でも、お守りもない、普通の人間である玲生さんがこの場にいるのは危険すぎる……！　黄太君だって、妖狐とはいえまだ幼いし——。

そう思ったけれど。

「ここに何をしに来た」

「……」

血を流している銀夜を横目で確認すると、玲生さんは男を鋭く睨んだ。

そして、玲生さんからこれまでに感じたことのない、ものすごい力が溢れ出るのを感じた。

……これは、まさか妖力……？

銀夜から感じるものに近いその感覚に、直感でそう思った直後。

玲生さんの身体がうっすらと黄色い光に包まれ、彼の頭から銀夜と同じような動物の耳が生え、しっぽが現れた。

これは、銀夜と同じというより、黄太君のものと同じだ。

……それじゃあ、玲生さんも人間ではなく、妖狐のあやかしだったの？

「ふっ……俺と本気でやる気か？」

「おまえが引かないというのならな」

緊張感が一層高まる。一瞬も気が抜けない。

あの男も尋常ではない力を持っているけれど、玲生さんも強い——。

なぜか私にはそれがわかった。説明するのは難しい、感覚的なものだけど、あやかし《彼ら》の妖力の強さが、私には見えるような気がした。

「……ふん、まさか未だにその胸くそ悪い石があったとはな。それに今はまだ、おまえとやるのは面倒だ。犬ころ一匹ならよかったのだが、今日のところは引き上げてやろう」

男は、ふぅと溜め息をつくと、塀の上に軽く跳んだ。

「またな、椛」

「……！」

一瞬緊張が解けたようにも感じたけれど、続いた男の言葉に私の身体はぞくりと震え上がる。

「……くっ」

「銀夜！」

男が姿を消すと、銀夜は力が抜けたようにその場に膝をついた。それと同時に、宝玉の光も勾玉の光も消えてしまう。

「銀夜、椛さんも、怪我は？」

「私は大丈夫です……それより銀夜が……!!」

「ああ、今お湯と薬箱を持ってくる」

「お願いします！」

「お、おれも手伝う……！」

私は銀夜に駆け寄り、屋敷の中に入っていく玲生さんと黄太君を見送る。玲生さんの耳としっぽも既に消えて、いつも通りの姿に戻っていた。

「銀夜、しっかりして！」

「くそ、血が止まらない……」

銀夜の左肩からはドクドク脈打ちながら血が溢れ出て、止まらない。

「銀夜……ごめんなさい、私のせいで……っ」

あの男は、姫巫女の血を継いでいる私を狙ってきた。そのせいで銀夜は襲われた。銀夜は私を守るために、傷ついた。

「……そんな顔をするな。椛が無事でよかった」

泣いてしまいそうな私に、銀夜は辛そうに歪んだ瞳を向けながら微笑み、そっと手を伸ばしてきた。

「いや……、怪我をしているな。椛も」

「こんなの平気！　それより、銀夜が――」

銀夜が私の首の傷に、そっと指を添える。私の力で、銀夜を治すことはできないの？

でも私は自分しか治したことがない。他人を治す方法はわからない。

「そうだわ、私の血をひと舐めしただけで、ものすごい力が溢れてきたって、前に言ってたよね!?」

「……」

そういえば、銀夜は先ほどから私の首元をじっと見つめたまま、目を逸らさない。

さすがに肉を喰べてもいいとは言えないけど、私の傷から銀夜の妖力を分けてもらったときのように、銀夜が私の血を舐めれば……！

「銀夜、少しでも力になれるなら、私の血を――」

そこまで言ったときだった。

我慢できないとでも言うように、銀夜は右手だけで私を抱きしめ、首元に顔を埋めてきた。

直後、銀夜のあたたかい舌がそこを這う。

「……っ」

ピリッとした痛みと、ぞくりとした感覚が身体を伝っていく。

なんだか、この間よりも——。

怪我をした場所のせいだろうか？　それとも銀夜が大怪我をしているから、余裕がないのかもしれない。

最初に犬の姿で膝をべろりと舐められたときとも違うし、先日手のひらに口づけるようにそっと舐められたときとも違う。

本当のわんこみたいに執拗《しつよう》に迫られているけれど、今の銀夜は人の姿。

怪我をしているせいなのはわかっているけれど、苦しそうに荒く息をする彼の熱い吐息と舌の感触に、どうしても身をよじらせてしまう。

「……もみ、じ」

「……っ」

そして、まるでキスをするかのように傷口をちゅっと軽く吸われ、ちくりとした感触を受けて身を震わせた直後。

顔を上げた銀夜は充血した瞳で私を見つめた。

「……出血が、止まった？」

それと同時に彼の肩に目をやり、血が止まっていることに安心した私だけど。

「駄目だ、椛……、止められそうにない」

「……え？」

苦しそうに息を吐いてそう呟いた銀夜は、体勢を変えると一瞬にして私を組み敷いた。

「銀夜……？」

瞳と頬を赤らめ、熱い息を吐きながら、私を見下ろす銀夜。

……一体、どうしてしまったの？

「銀夜、退いて？　家に入って、ちゃんと手当てしなきゃ……」

「椛――っ」

私を組み敷いたまま、大きく息を吐いたかと思ったら、銀夜は何かを堪《こら》えるように拳《こぶし》を握ってダン――っと強く地面に叩きつけた。

「銀夜……！」

「すまない。これ以上、俺に近づくな」

「え？」

一人で葛藤するようにそう言ってよろよろと私の上から退くと、銀夜は苦しそうに額に手を当てた。

「銀夜、大丈夫か!?」

「玲生……、もう大丈夫だ」

「おい、銀夜!?」

桶《おけ》に汲《く》んだお湯を持ってきた黄太君と、薬箱を手に肩を貸そうとした玲生さんのことも軽くあしらい、銀夜はおぼつかない足取りで一人、屋敷の中へと入っていった。

でも、まだ手当てが必要なはず。

「私、銀夜の手当てをしてきます……！」

「いや、手当ては黄太に任せよう。椛さんは、今は銀夜に近づかないほうがいい」

「でも……！」

「今行けばどうなるかくらい、わかるでしょう？」

「……」

言われて、はっとした。

銀夜が興奮していたのは、私にでもわかる。

〝おまえの血をひと舐めしただけでも、ものすごい力が溢れてきた。その肉を喰らえばどうなるかくらい、やってみなくてもわかる〟

以前、銀夜に言われた言葉。

あやかしにとって、姫巫女の血を引く者の存在がどういうものなのかは、なんとなくわかる。

玲生さんもあやかしだから、きっとわかるんだ。

銀夜は私を喰べようとしたわけではないかもしれないけど、でも――。

銀夜が「俺に近づくな」と言ったのは、我慢してくれたということ。

それなのに今私が行ったら、銀夜の気持ちを踏みにじってしまうことになるかもしれないんだ……。

　玲生さんが黄太君に目で合図を送ると、黄太君は頷いて銀夜の後を追った。

「……ところで椛さん、それは？」

「おばあちゃんにもらった、お守りです。さっきみたいに光ったのは初めてでした」

「そうか……。君を守ってくれたんだね」

「はい……」

　玲生さんに言われて、私はもう一度勾玉に目を向け、握りしめた。

　もしかしたら、さっきのことを機に私の力が覚醒したのかもしれない。

「玲生さんも、あやかしだったんですね」

「ああ、俺と黄太は兄弟だよ」

「そうだったんですね」

　彼の冷静な返答に、私は驚きとともに少しの寂しさを覚えた。玲生さんが普通の人間とは違うことには薄々気づいていたけれど、ここは私が暮らしていた世界とは違うからと自分に言い聞かせ、その可能性を考えないようにしていた。

「……そうか、椛さんは俺のことを人間だと思っていたんだね」

「はい」

「こんなところに普通の人間はいないよ。生きてはいけないからね」

やっぱり、そうよね……。

私が勝手に勘違いしていただけだけど、人間が私だけだというのはちょっと悲しい。

それに、玲生さんの何気ない言葉が改めて私の胸に刺さった。

〝普通の人間は生きていけない〟

ならば、やっぱり宗ちゃんはもう――。

「過去に何があったのか、教えてもらえませんか？」

「……」

「さっきの男は、鬼ですよね？　あいつが、山犬を殺したと言ってて……」

玲生さんの瞳が一瞬、遠い記憶を追うように揺れ動いた。何かを話す決意を固めるように、彼は深く息を吸い込んだ。

「……少し冷えてきたね、中で話そう。それから君の傷も、念のため手当てしよう」

「はい」

玲生さんは何かを考えるように一瞬目を伏せてから、私の首の傷に視線を向けた。その視線は、いつもの優しい玲生さんの瞳とはどこか違った。

「――今からちょうど六年前だ。黒鬼丸《こっきまる》――あの鬼が封印を解いたのは。山神様の命が尽きて、五十年ほどが経っていた。異変をいち早く察知したのが山犬の当主……銀夜の父親だった」

私の手当てを終えると、玲生さんは静かに話し始めた。

――黒鬼丸が封印されていた祠を見に行った、当時の山犬の当主である銀夜の父親と、母親を含む複数の山犬たちは、復活した黒鬼丸に襲われ、命を奪われた。

封印が解かれたとは思わず、平和が続く日々の中で、ほんの少しの油断があったのだろう。けれど、その油断はあまりにも大きな代償をもたらした。

山犬一族は今残っている銀夜たちを除いて、すべてあの男によって殺された。

次に駆けつけたのが、妖狐である玲生さんの一族だった。妖狐は山犬より数が少なく、群れをなさないそうだ。

玲生さんの父親は、幼い黄太君を庇って致命傷を負ったらしい。

「それでも妖狐は、復活したばかりの鬼に負けるほど弱くはないが、鬼は山犬たちを――」

「……？」

玲生さんはそこで一度言葉を止めた。とても悲惨な過去なのに、感情的にならず淡々と語ってくれていた玲生さんが、言葉を選ぶように唇を噛む。

「玲生さん？」

部屋の空気がひんやりと冷たく感じられた。言いたくないことを無理に言おうとしているのかもしれない。何が語られるのか覚悟しながら、私は静かに次の言葉を待った。

「……山犬たちの力を摂取していたから」

「え……」

そして告げられた玲生さんの言葉はあまりに重く、残酷な事実を突きつけていた。その言葉を聞いた瞬間、私の心臓がドクンと大きく鼓動した。

摂取した——？

玲生さんは言葉を濁して語ったけれど、それがどういう意味なのかは想像できた。

……ひどい。なんて残酷なの。とても許せない。

その惨状《さんじょう》が目に浮かぶようで、私は言葉を失ってしまった。胸がしめつけられるほどの悲しみと憤りが、波のように押し寄せる。

「とにかく、妖狐の力のすべてをかけて黒鬼丸は倒した。……そう思ったのだが、あいつを完全に封じることはできていなかった」

「……」

玲生さんの声には、痛みと無力感が滲んでいた。彼が……彼らが、どれほどの絶望の中で戦い抜いたのか。仲間を失ったときの心境を想像するだけで、胸が苦しくなる。

「妖力を使い切っていた両親は殺され、俺も死ぬと思ったのだが、そこで遅れて駆けつけてきた銀夜が、俺と黄太を助けてくれた。宝玉が埋め込まれている、自分の父親の刀だけを拾って。あいつは足が速いから、傷を負っていた黒鬼丸は追って来られなかったようだ」

「……」

「それから俺たちと銀夜は一緒にいる。椛さんの着物は、銀夜の母君の物だよ」

「そうだったんですね……」

玲生さんの言葉は、一つ一つが痛みをともなっていて、それを聞く私の心にも刺さった。銀夜が彼の父親の刀を手にし、友を守るために逃げたその姿を思い浮かべると、胸が熱くなった。彼もまた、大切なものを失いながらも、仲間を守るために行動したのだ。

言葉が出ない。なんと言っていいのかわからない。

家族や仲間を一気に失ったなんて、平和な世界で生きてきた私の簡単な言葉で慰められるようなことではないから。

「だから俺も黄太も銀夜も……黒鬼丸をとても憎んでいる。一刻も早く再び封印しなければならないと思っている。だが、俺たちだけの力では鬼を封印することはできないんだ」

玲生さんの声には決意が込められていた。それは、失ったものを取り戻すことはできないという事実を受け入れながらも、未来に向かって進まなければならないという彼の強い意志の表れだった。

「……姫巫女《私》の力が、必要だということですね」

「ああ」

よくわかった。銀夜が姫巫女様の血を継ぐ私を見つけて焦っていた気持ちも、思いも。

いきなり花嫁にすると言われて戸惑ってしまったけれど、もし私が銀夜の立場でも、同じ思いになったはず。

強引に攫ってでも、無理やりにでも、なんとしても姫巫女を自分のものにして、自らも山神様と呼ばれるほどの力を手に入れたいと思うはず――。

「過去の姫巫女様と山神様は、二人で力を合わせて鬼を封印したんですよね？」

「そう言われている」

「さっき、この勾玉が光ったとき。銀夜の宝玉が、まるで共鳴するように光ったんです」

「あの宝玉は、山神様の宝玉だからね」

「え……？」

山神様の宝玉が埋められた刀を、銀夜が持っているの？　あの刀はおそらく、銀夜の父親のものだと思うけど、なぜ――？

「どうして……」

「山神様は、山犬の一族から誕生したんだ」

「……ええっ!?　そうなんですか!?」

そんなの初めて聞いた。山犬が山神様だったなんて――。

「それじゃあ、やっぱり次の山神様も山犬が？　だから銀夜が山神様になると言ったんですか？」

「銀夜はそのつもりでいるのだろうが、姫巫女様と結ばれたのがたまたま当時の山犬の当主で、姫巫女様と結ばれた結果、それほどの力を得たというだけだ」

「そうなんですね……」

それじゃあ、もし私が玲生さんと結ばれたら、妖狐が山神様になるということ？

……玲生さんは、山神様になりたいとは思っていないのかしら。

一瞬そんな疑問も浮かんだけれど、玲生さんを助けたのは、銀夜だったんだ。だから玲生さんは、銀夜が山神様になるということに異論はないのね。

「結ばれるって、つまり好きになるということですよね？　姫巫女様と山神様は愛し合っていたと、私は聞いています」

「うん、俺はそう思ってる」

「……そう、ですよね」

銀夜を……好きに……？　今だって、別に嫌いじゃない。最初は怖かったし、意味がわからなかったけど……。でも、愛しているとまでは……。

「――銀夜の手当て、終わったぞ」

「黄太君、ありがとう」

「銀夜の様子はどうだ？」

「よくはないな。相当出血したようだし……」

神妙な面持ちでやってきた黄太君は、狐の耳としっぽをしゅんと折り、考えるように顎に手を当てた。

「そう……」

「椛、おまえは大丈夫か？」

「うん、平気だよ」

「そうか、ちゃんと寝ろよ」

「うん。ありがとう、黄太君」

私と玲生さんの深刻な重い空気を察したのか、黄太君はそれだけ伝えると再びとてとてと足音を響かせながら部屋を出ていった。

六年前に家族が殺されてしまったのであれば、きっと黄太君はまだ生まれたばかりでとても幼かったはず。

もしかしたら覚えていないかもしれないけど……あんなに幼い子を残して亡くなった黄太君たちの両親も、きっと無念だっただろうな。

「黄太の言う通り、今日はゆっくり休んで。俺はあれから父にも負けないほどの力と、妖術を身に付けている。だから俺がここにいる間は強い結界の効果で鬼も迂闊に近づけないんだ」

「そうなんですね」

「今日は黄太と両親の墓参りに行っていたんだ。定期的に花を手向《たむ》けに行くのだが……まさかその隙にあいつがやってくるとは。今後は俺の留守中でも近づけないよう、考えなければ」

「……わかりました。ありがとうございます」

それで、玲生さんの留守中に鬼がやってきたのね。これからはこの勾玉の力も借りられるといいけど……。

「銀夜もきっと大丈夫。あやかしは人間よりも強いし、自己治癒力が高い」

「はい……」

「それじゃあ、おやすみ。椛さん」

「おやすみなさい」

いつものような笑顔を残して玲生さんが出ていった後、私はおとなしく自室の布団に潜《もぐ》り込んだ。でも、眠れる気がしない。

あんなことがあったのだから当然かもしれないけど、それより銀夜のことが気になって仕方ない。

「……やっぱり様子を見てこよう」

もう深夜を回っていたけれど、銀夜の姿をひと目見ようと、私は彼の部屋を訪れた。

「……銀夜？」

きっと寝ているだろうと思いながら襖を開けると、布団の上で苦しそうに息をしている銀夜がいた。

「銀夜……！　大丈夫？　苦しいの!?」

すぐに駆け寄り彼の手を握る。目は閉じているけど、額には大粒の汗をかき、顔色も悪い。

「う……っ、うう……っ」

左肩には黄太君が巻いてくれたと思《おぼ》しき包帯が巻かれていて、寝間着は大きくはだけている。

「身体中に汗をかいている……大変、ひどい熱」

握った手も熱くて、高熱が出ていることがわかる。

私は急いで桶に水を汲んでくると、濡らした冷たい布で銀夜の汗を拭いた。

「銀夜……、大丈夫？」

「うう……っ」

フー、フー、と荒い呼吸を繰り返し、苦しそうに唸っている銀夜を前にしても、私は祈ることしかできない。

……神様お願いします、どうか銀夜を助けてください……!!

銀夜は家族や仲間が殺されてしまったのを悟り、それでも玲生さんを助けて逃げた。

その判断は正しかったと思う。でも、どれほど悔しかっただろう。

銀夜の性格を考えると、尚更だ。鬼が憎くて憎くてたまらないに決まってる。

それを想像するだけでも、私は泣きそうになった。

「一緒に鬼を封印するんでしょう？　だからお願い、元気になって……」

「……っ」

鬼を封印したいという気持ちだけなら、もう結ばれていると思う。

私も銀夜と同じくらい、鬼が憎いよ。許せないよ。

だから絶対封印してやろう？

苦しそうにしている銀夜の手を握って、私は一晩中祈った。

◆記憶の夢

夢を見た。

とても古い記憶の夢。

それはまだ、あやかしがあちらの世界とこちらの世界を自由に行き来していた頃。

のどかな山の中、緑に包まれたその場所で、巫女装束を着た女と俺が寄り添い合っている夢。

微《かす》かな風が草木を揺らし、鳥のさえずりが耳に心地よく響く。

夢の中の俺は、静かな幸せを感じていた。

女も笑っているのがわかるが、顔はよく見えない。もやがかかったように、はっきり見えないんだ。しかしそのあたたかさは感じ取れた。女の瞳は慈《いつく》しみに満ち、俺を見つめていた。手を取り合い、心が通じ合っているのがわかった。

だが、突然場面が変わったかと思ったら、俺たちは離ればなれになっていた。最後まで必死に互いに手を伸ばし続けていたが、女の手は俺の指先から滑り落ちた。

その女を愛しいと思いながらも、俺は彼女の手を離す道を、自ら選んだ。

〝ぎん――！　来世でまた、必ずあなたと――！〟

女は俺の名前のようなものを叫びながら、涙を流してどこかに消えていった。その声は痛ましく、胸が引き裂かれるようだった。

目の前が真っ暗になる中、違うというのはわかっているが、その女は椛のような気がした――。

「……もみじ――っ！」

はっとして目を覚ましたら、俺は天井に向かって手を伸ばし、涙を流していた。心臓が激しく鼓動し、息が詰まるような感覚に襲われる。

「……今の、は……なんだ？」

前世の記憶――？

どうしてあんな夢を見たんだ？　まるで俺が実際に体験したかのような夢だった。

誰かが、俺にそれを思い出せと言っているような、不思議な感覚――。

「そうだ……」

細い糸をたぐるように古い記憶を辿っていると、突然頭の中に閃光が走り、忘れていた記憶の断片が鮮明に浮かび上がった。

――思い出した。

俺の前世は、鬼を封印した山犬の当主で、後に山神となった〝ぎん〟だった。

まるで長い間封じ込められていた記憶が突然解放されたかのように、一つ一つの思い出が脳裏に蘇ってくる。どうして忘れていたんだ、こんな大切な記憶を。

そして、一緒に鬼を封印した姫巫女は――。

「……もみじ」

横を向くと、隣でその女《椛》が眠っていた。椛の顔には安らかな表情が浮かび、俺の手を強く握りしめていた。

綺麗に伸びたまつげの下に、涙に濡れた跡が残っていることに気づいて、胸の中で湧き上がる愛しさと懐かしさが交錯する。

「……同じ部屋で寝るのは嫌だと、あれほど言ってたくせに」

天井に伸ばしていた、震える手を見つめる。

あちら《もみじ》の世界を守るために、俺は愛する女の手を、自ら離した。

「三百年以上経って、ようやく会えたんだな」

「……」

「……風邪引くぞ」

俺の布団の隣で、身体に何もかけず、ただ俺の手を強く握って静かに眠っている椛に、そっと布団をかけてやろうとしたとき。

「……銀夜？」

「ああ、起きたか」

「銀夜……っ！　起きたの!?　大丈夫!?」

目を覚ました椛は勢いよく身体を起こすと、布団の上に座っていた俺にずいっと顔を寄せてきた。その目には心配と安堵が入り交じった感情が映し出されている。

「……俺は大丈夫だ。なぜそんなに泣きそうな顔をしてるんだ？」

「だって……銀夜、すごくうなされてて、熱もあって……！」

そう言いながら俺の額に手を当てる椛。声を震わせながらまた泣きそうな顔をして、うっすらと瞳を潤ませている。

「よかった……下がったみたい。肩の傷はどう？　痛む？」

額から手を離すと、椛はようやくほっと息を吐き、今度は俺の肩に視線を向けた。

「まだ少し痛むが、すぐ治りそうだ」

「本当に？　すごい出血だったんだよ？」

「ああ……だが、おまえのおかげで助かった」

「え？」

椛の目が驚きと疑問で大きく見開かれ、首が小さく傾いた。その反応がまた可愛らしい。

椛の血を舐めたから――。

きょとんとする椛を見てその言葉は呑み込んだが、俺の傷がすぐに癒えたのはきっとそれだけが理由ではない。

椛はひと晩中祈ってくれていたんだろう。

「やっぱり椛は姫巫女だな。おかげで気分もすっかりいい」

「……本当？」

椛はまだ少し心配そうな顔をしているが、自分だって首を怪我していたんだ。

玲生が手当てしたのか、椛の首には包帯が巻かれている。

「……！　銀夜⁉」

「……」

そんな椛の首元に顔を寄せ、くんと匂いを嗅ぐ。

やっぱり、ほのかに玲生の匂いが残っているが、それ以上に感じる椛の香りに、心が癒やされていく。

「俺は椛の匂いが好きだ」

「…………っえ⁉」

くんくんと、その場で何度も椛の香りを楽しみながら、包帯を解いていく。

「椛の傷はすっかり治っているな」

「……本当？」

「ああ、よかったな」

「うん……っ、ひゃ⁉」

最後にそこをぺろりとひと舐めすると、椛は大袈裟に声を上げた。反応が可愛い。

「な、何するのよ、いきなり……‼」

「いいだろう、別に」

「よくないよ……！　私は人なんだから、いきなり舐めないでよ……！」

本当に銀夜はわんこね！　とか言いながら、顔を真っ赤にして怒っているふりをする椛だが、嫌そうには見えない。

「……まぁ、元気になったなら、よかったけど」

「とりあえず腹が減った」

やっぱり少し血が足りないようで、立ち上がるとふらついた。

そんな俺を椛はまた心配そうに支えて、「ご飯にしよっか」と、笑った。

椛の優しい温もりが俺の心を包み込む。今、心から安らぎを感じ、椛の存在がどれほど大切かを、改めて深く実感した。

＊

「玲生、ちょっといいか」

その後、椛の目を盗んで玲生だけを部屋に呼んだ俺は、黒鬼丸《あいつ》が来たときから気になっていることを打ち明けることにした。

「もしかしたら、椛の友人は生きているかもしれない」

「……本当か？」

「黒鬼丸と対峙したとき、微かに人間の男の匂いがした。あいつが喰ったのかとも思ったが、血の匂いじゃなかった」

「それじゃあ、椛さんの友人は黒鬼丸と一緒にいるということか？」

「その可能性は十分ある。だがまだそうだと確信したわけではない。だから椛には言っていない」

「……そうか、わかった」

もし生きているのなら、なぜ生かしておくのか。人間を喰らえば自身の力になるだろうに。

その理由はわからないが、生きているとわかれば椛はすぐにでも助けに向かうと言い出すだろう。

だからこそ、ここは慎重にならなければいけないんだ。

◆絶対助けるよ

その日、私は山犬の縄張り内で黄太君と山菜を採っていた。

「これも食えるな！」

「こっちにたくさんあるよ」

「本当だ！　椛は見つけるのがうまいな」

「ふふ、小さい頃よくおばあちゃんと山菜採りに行ったから」

黄太君はとても可愛い。私には男兄弟はいないけど、弟ができたみたいで黄太君と話すのは楽しい。

ここは山犬の縄張り内とはいえ、熊や他の獣がいないわけではない。だから黄太君が一緒に来てくれた。

黄太君はよく、「おれは妖狐だから強いんだぞ！」と言っている。

きっと、玲生さんに比べたらまだまだ遠く及ばないんだろうけど、得意気にしている姿も可愛くて癒やされる。

そんなときだった。ガサガサと、近くの茂みが動いた。

「何かいるの――!?」

「だ、大丈夫だぞ、椛……！　おれが守ってやる……!!」

熊か……、狼か……。まさか鬼のようなあやかしではないよね……？

私の前に出て、庇うように小さな両手を広げる黄太君。

もしものときは、私も姫巫女の力を使ってなんとかしなければ——！

そう思い、身構えたけれど。

「お姉ちゃん……っ!?」

「え……、愛琉？」

姿を見せたのは人間だった。それもまさか、妹の愛琉で。私は思わず目を見張る。

「どうして愛琉がここに!?」

「……っ、わぁぁーん、お姉ちゃん……っ助けて!!」

服も髪も汚れてボロボロになっている愛琉は、私を見た途端に泣き出し、抱きついてきた。

「なんだ、椛。知り合いなのか？」

「うん、妹なの……でもどうしてこんなところにいるの？　愛琉は先に山を下りて、帰っていたんじゃ……」

「ひっく、ひっく、心配させてやろうと思って……私もまだ、山にいたのぉ……！」

「えええ!?」

「お姉ちゃんがいてよかったぁ……！」

そう言ってまた、「うわぁぁぁん！」と大きな声で泣き始める愛琉。

心配させてやろうって……なんてことを考えるのよ……。まぁ、愛琉らしいと言えば愛琉らしいけど。

「でも、ここ、あの山じゃないよね!? なんか狼みたいな獣とか、化物がいたんだけど……!! うう……っ、怖かったよぉ、お姉ちゃ～ん!!」

「……とにかく、戻りましょう」

「あ、ああ……そうだな」

黄太君は泣き叫ぶ愛琉をまだ警戒しているようだけど、ふらふらの彼女の肩を支えながら、私たちは銀夜の屋敷に戻ることにした。


「数日間、一人でずっと……、山の中に隠れてて……」

お風呂に入って、あたたかいお茶を飲んで。少し落ち着いたのか、愛琉は涙を拭いながらゆっくりと話し始めた。

彼女は一瞬愛琉だとわからないほど、ボロボロだった。髪も肌も土で汚れていたし、げっそりして顔色も悪かった。

でもまさか、愛琉もこちらに来ていたなんて……。

あの後すぐに山を下りなかった愛琉は、おそらく私たちと同じタイミングでこちらの世界に来てしまったのだろう。

――数日間、山の中で一人。

あやかしや獣から隠れながら、持っていたお菓子や木の実を食べてなんとか生きてきたのだという。

……よく生きていたなと、本当に驚いてしまう。運がよかったとしか思えない。

「お粥ができたよ」

「ご飯……っ！　ありがとうございます!!」

玲生さんが用意してくれたお粥を、愛琉はとてもありがたそうに食べた。

相当お腹が空いていたのだと思うけど、いきなりたくさんは食べないほうがいいので、少しずつね。

「でもまさか、お姉ちゃんが化物と一緒にいるとは思わなかった」

「愛琉、化物じゃなくて〝あやかし〟だからね？」

「どっちだっていいでしょう？　あんなの、私からしたら化物よ……」

「……」

あやかしに襲われることはなかったようだけど、怖い思いをしてきたのは確かなようね。

鬼に遭遇することもなかったみたいだから、本当によかった。でも銀夜も玲生さんも黄太君もいるのに、〝化物〟はひどい……。この屋敷もお風呂もお粥も、全部彼らのおかげでありつ

けているのに。

愛琉はそれどころではない様子で、がつがつとお粥を頬張る。

「……っげほ、ごほっ、ごほ……っ」

「ほら、もっとゆっくり食べないと」

むせた愛琉の背中をさすっていると、警戒するようにただじっと愛琉を見つめていた銀夜が口を開いた。

「似ていない姉妹だな」

「愛琉とはずっと離れて暮らしていたからかな……」

「ああ、なるほど。だが確かにこの女にも姫巫女の血が流れているようだ」

「え……」

「椛のほうが濃いけどな」

「ひめみこ？」

愛琉から離れた場所でくんくん、と匂いを嗅いで、銀夜が言った。愛琉はその意味をまだわかっていない。

「……あ、お姉ちゃんのそれ、私と一緒だ」

お水を飲んで、ふぅと息を吐いた愛琉は、私のペンダントを指さした。

「これ？」

「そう。私も持ってるよ！」

そう言って、愛琉は私のお守りと同じ勾玉を、畳んであったズボンのポケットから取り出した。

確かにこれは姫巫女様のお守りと同じものに見える。でも、どうして愛琉が持っているの？

「それ、どうしたの？」

「山にあった小さな祠で見つけた」

「祠……？　ちょっと待って、祠にあったものを勝手に持ってきたの⁉」

まさか、それって人間の世界で封印を守っていた祠では……？

「うん。だって誰のものでもないでしょう？　あんな古くて汚い祠。でもその後すぐ、こっちに来ちゃって。すっかり忘れてた」

「……」

それじゃあ、二つの世界が繋がったのって、もしかして愛琉のせい……？

銀夜と玲生さんも同じことを思ったようで、苦笑いを浮かべている。

「何？　私なんか悪いことした？」

「……もういいわ。もしかしたら、それを持っていたおかげであやかしに襲われなかったのかもしれないし」

「そうなんだ？　ラッキー！」

それに、今となってはこの世界に来たおかげで、鬼を封印する力になれるかもしれないのだから。

宗ちゃんを巻き込んでしまったのは、本当に悔やまれるけど……。

でも、もし姫巫女様の血を継ぐ者がこの世界に来なかったら……銀夜たちはどうしていたのだろう。

実際、三百年以上二つの世界が繋がることはなかったようだけど、鬼の力が完全に覚醒してしまったら――。

やっぱり、少しでも鬼の力が弱いうちに封印しなければ。

といっても、完全に覚醒していない状態であの力だったのだから、本当に恐ろしい――。

「お姉ちゃん、そんなに深刻な顔してどうしたの？　……そういえば、宗太君は？　お姉ちゃんと一緒じゃないの？」

「……愛琉」

「なぁに？」

愛琉もこちらに来てしまったのなら、仕方ない。繋いでしまったのは彼女だろうし、姫巫女様の血を継いでいる愛琉にもきちんと事情を説明しなければ。

そう思い、私は鉛《なまり》のように重たい口を開いた。

「――うそ、嘘嘘嘘……う、嘘よ……!!」

「本当よ。目の前にあやかしがいるのだから、信じられるでしょう？」

「でも……っ、鬼って……!!」

三百年以上前に姫巫女様と山神様が鬼を封印したこと。私たちは、あやかしの住まう世界に来てしまったこと。鬼が目覚めて、もう一度封印しなければならないこと。私と愛琉は姫巫女様の血を受け継いでいて、それがどんな力を持っているのかということ。

そして、宗ちゃんとはぐれてしまったこと——。

愛琉に事情を説明したけれど、彼女はひどく混乱し、信じられないというように何度も頭を横に振った。

受け入れられないのも無理はない。小さい頃からあやかしの話を聞いていた私とは違うのだから。

「鬼を封印って……そんなの、お姉ちゃんがやってよ……!!　長女なんだから！　それに、ずっとお母さんとおばあちゃんといたのだってお姉ちゃんだし……、私には関係ないから……!!」

「うん、もちろん私がなんとかするつもりでいる。でも姫巫女様の血が流れている愛琉にも、事情をわかって欲しいの」

「事情って……。ねぇ、私たち帰れるんだよね!?　さっさとその、姫巫女の力を使って鬼を封印してよ!!　っていうか、宗太君とはぐれたって、何？　それじゃあ宗太君はどこにいるのよ!!」

愛琉の声は震え、怒りと不安が入り交じっていた。興奮して呼吸が荒くなり、今にも感情が爆発しそうになっている。

「ごめん……わからないの」

混乱している愛琉は、一気に色々聞いてくる。

人間の世界に帰る——。

……それは、まだはっきり肯定することはできないけれど、宗ちゃんのことは責められて当然。

宗ちゃんは、囮になって私を逃がしてくれたのだから。

「ごめんじゃないわよ!! まさか宗太君は、お姉ちゃんのせいで死んだんじゃないでしょうね……!?」

「……」

宗ちゃんは、もしかしたらもう死んでいるかもしれない……。

だからそれを否定することはできない。

「なんとか言ってよ!! 宗太君に何かあったら、お姉ちゃんのこと一生許さないから——!」

「……っ」

俯《うつむ》き黙る私に、愛琉は怒りを抑えられないというように叫び、手を振り上げた。

叩かれても仕方ない——。

そう覚悟を決めてぎゅっと目をつむり、歯を食いしばったとき。パシッという軽い音が頭上で聞こえて、そっと顔を上げた。

「生きてる」

「え……？」

私を叩こうと振り上げていた愛琉の手を、銀夜が摑んでいた。そして彼は、真剣な表情で続ける。

「その人間の男は、おそらくまだ生きている」

「え……？　そうなの？」

愛琉の目が驚きに見開かれた。銀夜の言葉が、私たちの心に希望の光を灯す。

「確信できていないから言ってなかったが、この間黒鬼丸が来たとき、微かに人間の匂いがした」

「……本当？」

「ああ」

頷いた銀夜の視線が、まっすぐ私の心に刺さる。

「なぁんだ、宗太君は生きてるのね、びっくりした。じゃあ早く助けに行かなきゃ――って、お姉ちゃん？」

「……っ」

銀夜の言葉を聞いてほっと胸を撫で下ろした愛琉が、今度は私を見て顔をしかめた。

「よかった……っ」

それは、私が泣いていたからだ。私の瞳からは、ぽろぽろと涙がこぼれ落ちていた。

宗ちゃんが、生きている——。

その言葉を何度も自分の中で繰り返し、胸に刻み込む。

「本当に、よかった……」

「まだ本当にその男かはわからないけどな」

「うん……。でも希望は湧いた。あとは私が姫巫女の力を覚醒させればいいんだよね！」

ぐっと涙を拭って、私は前を向いた。

銀夜が適当なことを言っているとは思えない。きっと、宗ちゃんは生きている。

愛琉には嫌味っぽく「早くしてよ」と言われたけれど、私は力強く頷いた。

待っててね、宗ちゃん。私が絶対に助けに行くから！

◆その頃宗太は

「ほら、食えよ小僧。俺は今、機嫌がいいんだ」

「……」

山犬のところからの帰りに捕まえた鳥を、この人間のためにわざわざ焼いて出してやった。

俺の力はまだ完全に戻っていないが、妖力を使って火くらいは好きなときに出せる。

「ったく、黒鬼丸様のせっかくのご厚意、ありがたく受け取りなさいよ」

「……」

「まぁいい。そのうち食うだろう。人間は食わなければすぐ死ぬのだからな」

「そうですね。それより、どうしてそんなにご機嫌なんです？」

「ああ……」

俺と女郎蜘蛛の蓮華《れんげ》を前に震え上がっている人間の小僧は放っておくとして、俺は今、数百年ぶりに最高の気分だ。

「姫巫女を見つけた」

「え……？　ですが、姫巫女はもうこちらの世界にいないのではなくて？」

「この小僧と一緒にいた女が姫巫女の血を継いでたんだよ。やはりこいつらは、人間だけの世界から来たらしい」

「まぁ、それはすごい」

「……もみ、じ？　椛は、無事、なのか……？」

俺たちの会話が聞こえたらしい小僧が、ぴくりと反応する。

「ああ、無事だ。おまえにもすぐに会わせてやろう」

「本当……？」

「本当だ。だからしっかり食っておけ。おまえに死なれては困るからな」

「……」

それを聞き、小僧は食事にゆっくりと手を伸ばした。

くくく……、どういう意味かもわかっていないのだろうが、人間という生き物は単純だ。

「黒鬼丸様、会わせてやるというのは、どういうことですか？」

にやりと口角を上げた俺に身を寄せ、蓮華がこっそり問うてくる。

「小僧が椛と一緒にこちらの世界に来た者なら、こいつは使えるだろ」

「……ああ、なるほど。そういうことですか」

蓮華はすぐに俺の言いたいことを察したようだ。人間は情に厚い生き物だ。

「蓮華、こいつは好きに使っていい。今度こそ椛を連れて来い」

「お任せくださいませ、黒鬼丸様」

紅を塗った蓮華の口元がニッと上がり、鋭い牙を覗かせた。

あれから三百と五十六年――。

長かった。もみじ……椛。今度こそ、おまえを俺のものにしてみせる。


――姫巫女に封印されてから、俺は三百年耐えてきた。

祠に縛りつけられ、身動きが取れず、死んだも同然で。ただじっと、俺はそのときを待った。

姫巫女――もみじは向こうの世界に行ってしまったが、こちらに残った山神、ぎんの存在が邪魔だった。

あいつはいつも俺の邪魔ばかりしていた。

……だが、三百年経ってついにぎんは死んだ。山神とは本当にしぶとい生き物だ。

最強の種族であるこの鬼《俺》にとっても、存在しているだけでとても厄介だった。

しかし、その邪魔者《山神》はやっとついえた。

それから五十年かけて、俺は姫巫女の封印を解いた。

封印を解いたのを察して、最初に駆けつけてきたのはやはり山犬どもだった。

たまらないほど餓えていた俺は、手始めに山犬どもを殺し、喰った。油断していた山犬どもは、笑えるほどに弱かった。

これまでの憂さを晴らすように、なまっていた身体を思い切り動かしたが、思ったより俺の身体は動いてくれた。

その後やってきた妖狐には少々苦戦したが、それでもあいつらに俺を殺すことなどできない。

あやかしの中で最強種である俺を制圧できるのは、山神ほど力がある者か、姫巫女だけだ。

しかし妖狐は妖力が高く、屍に残った妖力すらも厄介な種族。だから喰うことはせず、鬼火で骨すら遺《のこ》さず燃やしてやった。

興奮のあまりいきなり力を使いすぎたせいで、宝玉を持った犬ころと妖狐のせがれは逃がしてしまったが……、まぁいい。

俺はじきに力を取り戻す。目障りな者はそのときまとめて殺せばいい。

その後、その一部始終を見て近づいてきた女郎蜘蛛の蓮華をそばに置いた。

俺はまだそう自由に動き回れそうになかったから、こいつをうまく利用してやろうと考えたのだ。

それから六年が経ったある日、蓮華が人間の男を捕らえてきた。

人間がこの山の中に入ってくるのは珍しいと思ったが、おかしな格好をしていることに気づき、殺そうとしていた手を止めた。

「黒鬼丸様、いかがしてお召し上がりになりますか？」

「……待て。人間、おまえどこから来た？」

「……っ」

「恐怖で口も利けないか」

蓮華の糸でぐるぐる巻きにされ震えている小僧に近づき、匂いを嗅ぐ。

「……微かに血の匂いがするな」

俺は山犬ほど鼻が利かない。それでも感じる。これはこの男の血ではない。

この匂いは――。

「ああ、一緒に女がいたのですが、逃げられてしまいました。その女が転んで膝を擦り剝いていたような？」

「女？」

蓮華の言葉に、俺の耳がぴくりと反応する。

「おいおいおい、その女、どうして逃がしたんだよ」

「ああん、黒鬼丸様には私がいるじゃないですか？」

「……」

大袈裟に甘えた声で俺に身を寄せる蓮華に、内心で舌打ちをする。

まったく。使えない奴だ。

まぁいい。久しぶりに俺が動いて、直接見に行くか。どれほど力が戻っているかも、そろそろ確かめたい。

「それで黒鬼丸様、このガキ、どう料理します？　私は生でもいいですけど。頭は差し上げますが、この可愛い顔は最後にしてくださいまし」

「……ひっ！」

蓮華の舌なめずりに、小僧は震え上がった。

「まだ喰うな。こいつは使えるかもしれない」

「ええ？　若くて活きがいい、せっかくのご馳走だったのに」

「……」

蓮華は不満そうに頬を膨らませたが、小僧は俺の考えを窺うような視線を向けていた。


――そして、やはりその女、椛は姫巫女だった。

やっと会えた。この日をどれほど待ちわびたことか。

すぐにでも椛を連れ帰りたかったが、あの忌々《いまいま》しい勾玉がまだあったとは……。

だが、勾玉は一つだけだった。あれは二つ揃って本来の力を発揮する。二つなければ、俺を封印することは難しいだろう。

妖狐のせがれは相当力を付けていたようだが、犬ころのほうは大したことはなかった。厄介なのは、やはり刀に埋められた宝玉だ。

「だが俺が椛と結ばれれば済む話……。ふふふ、はははは――！　椛……すぐに俺のものにしてやるから、待っていろ」

椛をこの手で抱きしめたときの感覚が、忘れられない。

あの匂い、あの感触、あの声、あの温もり……。

すべてを俺のものにしたいと、何度願ったことか。

「今度こそ必ず、椛を俺の手に――」

◆本当はずっと、寂しくて

「私にもお姉ちゃんにも姫巫女の血が流れていて、鬼を封印しなきゃいけない――？」

いやいやいや、やっぱり何度考えてもおかしいよ！　あやかしがいる世界に転移してきたとか、あり得ないから……!!　そんなの漫画やアニメだけの話でしょう!?

現実に、私の身に起こるなんて……。

それも、人を喰らう鬼がいる!?　怖すぎるんだけど!!

そんな山の中でよく生き延びたなと、自分でもびっくりする。

でもまぁ、とりあえずこの家にいれば安全みたいだし、あったかいご飯と布団があって、お風呂に入れるようになって本当によかった。

お姉ちゃんがさっさと銀夜とかいう犬のあやかしと結ばれて、姫巫女の力を覚醒させて鬼を封印すれば、元の世界にも帰れるんでしょう？

その話を聞いた直後はとても受け入れがたくて怖かったし、スマホが使えないのは無理だけど、ここでの暮らしは案外快適だった。

銀夜君や玲生君は妖力とかいう力で火を出せたりするから便利だし、食事にはお肉も出る。お菓子やジュースがないのは無理だけど、勉強もしなくていいし。

でも洗濯機がないから、洗濯物は自分で洗いなさいってお姉ちゃんに言われて、初めて自分の手で洗濯をしてみた。

妖力のおかげでお湯を使えたけど、腕が痛くなるし手も腰も疲れて、毎日やるのとか無理すぎる。文明の利器が恋しい……!!

……それに、友達もきっと心配してるよね。

まぁ、あっちの世界に戻ったら、今流行《はや》りの異世界転移してきたって、自慢しよう。

「だからやっぱり、さっさとお姉ちゃんが力に目覚めてくんないかな」

……でも銀夜君って、犬の耳としっぽは生えてるけど、かなりのイケメンよね。

玲生君は耳もしっぽもないけど、相当なイケメンだし。ああ見えて狐のあやかしらしいけど。

「お姉ちゃんめ、あんなイケメンに囲まれて暮らしてたなんて、ずるい」

しかも銀夜君はお姉ちゃんを花嫁にするとか言ってるし。

……じゃあお姉ちゃんと銀夜君って、もしかしてもうできてるの？　え、あの地味でださいお姉ちゃんが、男とできてんの？　それもあんな、芸能人顔負けのイケメンと？

「……なんかむかつく」

こっちに来て、仕切ってるし、偉そうだし。姫巫女の血が流れてる女がいいなら、私でもいいってことじゃない？

「ふふ、そうだ」

その日の夜。スマホがなくて退屈し始めていた私は、いいことを思いついて銀夜君の部屋を訪れた。

「――ねぇ、銀夜君」

「あ？　なんだ、椛の妹か。どうした、眠れないのか？」

銀夜君は寝ようとしていたようで、布団の上に座っていた。雑に着られた寝間着の胸元がはだけていて、男らしい胸筋が覗いている。

銀夜君って、顔だけじゃなくていい身体してるんだ……。

私でもドキドキする。

こんなイケメンの相手、男に免疫のないお姉ちゃんにはやっぱり無理よ。

「お姉ちゃんと銀夜君って、もう付き合ってるの？」

「……つきあってる？」

「だから、恋人同士なのかって聞いてるの！」

「ああ……いや、違うが」

「え！　そうなの？」

なぁんだ。やっぱりまだなのね。お姉ちゃんにこんなイケメンの相手、できるわけないもんね。

「ねぇ、それじゃあ、お姉ちゃんと結ばれるのはやめて、私にしたら？」

「は？」

「私なら、今すぐに結ばれてあげてもいいよ？」

「……」

そう言って銀夜君の隣に座ったら、彼は目をぱちくりさせた。

ふふ、驚いてる。こんな美少女に言われたら、さすがのイケメン君でも嬉しいでしょう？

「銀夜君の手って、大きくて格好いい――」

「何言ってんだ、おまえ」

「…………え？」

銀夜君の手に自分の手を重ねたら、一瞬でその手を弾かれて怪訝《けげん》そうに顔をしかめられた。

「俺の相手は椛と決めている」

「で、でも、お姉ちゃんを待っていたら、いつまで経っても結ばれないんじゃ……！」

「俺も最初は焦っていた。だが今は違う」

「……？」

「俺は椛が好きだ。椛以外と結ばれることは、考えられない」

「……うそ」

お姉ちゃんのことが好き？　このイケメンが？

は？　嘘でしょう？　あの女のどこがいいって言うのよ？　私のほうが可愛いし、スタイルだっていいでしょう？

「話はそれだけか？　だったらさっさと戻って寝ろ」

「……」

銀夜君はそう言うと、灯《あか》りを消して私に背中を向け、一人で布団に潜り込んでしまった。

なんなのよ、この男。私のよさがわからないなんて、見た目がいいだけで大した男じゃないわね！


「――ねぇ、玲生君」

「愛琉さん。何か用？」

だから今度は、玲生君の部屋を訪れてみた。

玲生君は妖狐だって言ってた。山犬より妖狐のほうが強そうだし、玲生君には相手の女性はいないようだから、きっといける。

玲生君もまだ起きていて、本を読んでいたみたい。

銀夜君と違って寝間着をぴしっと綺麗に着ているし、銀夜君よりも大人っぽくて賢そうだし、玲生君も本当に美形。

「ちょっと眠れなくて……少しお話してもいい？」

「ああ、いいけど」

本を閉じてくれた玲生君の隣に座って、上目遣いで問いかける。

「玲生君も、あやかしなんでしょう？」

「ああ、そうだよ」

だったら、姫巫女の血が流れている私が欲しいはずよね？

「……私、こっちに来て本当に怖くて……。でもお姉ちゃんは銀夜君のことばかりで私の心配はしてくれないし……寂しくて……」

「……」

涙を浮かべて、玲生君の袖をそっと掴む。

ふふふ、どう？　可愛いでしょう？　これで落ちない男はいないのよ……!!

「椛さんが心配してくれない？　そうかな。椛さんは君のことをとても気にかけているように見えたよ」

「……それは、玲生君の前だからで、私にはいつも厳しいことを言って、いじめるの……」

「厳しいことを言うのは君のためだと思うよ」

「え……？」

小さく溜め息をつくと、玲生君は袖を掴んでいた私の手をそっと離させた。

「愛琉さんは、もう少し椛さんの言葉を聞いてみてもいいかもね」

「どういうこと……？」

「椛さんはいつも君に忠告してくれていたんじゃない？　俺は椛さんがこちらの世界に来てくれてよかったと思っているが、祠から勾玉を勝手に取り出したりしなければ、君が怖い思いをすることもなかったんだよ」

「それは……」

「そもそもどうして椛さんとはぐれてしまったのか、俺は聞いていないけど。でもなんとなく想像はできるよ」

「だって、お姉ちゃんが優しくしてくれないから……!!」

思わず言い返して、はっとした。玲生君の視線が、なんだか冷たい。

「違うの、私はもう帰りたいって言ったのに、お姉ちゃんが宗太君ともっと山で遊ぶって言うから、私は……」

私は、お姉ちゃんを困らせてやろうと、わざと奥に進んだ。

山についていくって言ったのも、私だったけど。

「私は、悪くないもん……」

「寂しいなら寂しいと、ちゃんと椛さんに伝えるといいよ。彼女はきっと受け止めてくれるから」

「別に、お姉ちゃんに構って欲しいわけじゃ……！」

「俺も、手が空いていたら話くらいは聞くよ。妖狐は強い種族で、焦って子孫を残す必要がないから、君に手を出す気はないし」

「……え？」

にっこりと微笑む玲生君に、私の考えは見透かされていたような気がする。

「……あやかしにとって、私の血は魅力的なんじゃないの？」

「まぁ、そこら辺のあやかし程度なら、そうだろうね」

「？？？」

「でも俺には、君程度じゃ魅力的には見えないから、安心して」

「……何、それ」

それって、私の血がお姉ちゃんよりも薄いから？

それじゃあ、玲生君も本当はお姉ちゃんが魅力的に見えてるってこと？

「でもこれだけは覚えておいて。椛さんに比べると薄いとはいえ、君にも間違いなく姫巫女の血が流れている。だから一人で外に出たら……すぐに喰べられてしまうからね？」

「喰べられる……？」

「そう。あやかしの中には妖狐や山犬とは違う、野蛮な者もいる」

「……野蛮」

それは、私が銀夜君や玲生君に望んだ〝喰べられる〟とは、違う意味よね……？

「うっ、お姉ちゃん……っ」

「おとなしくこの屋敷にいれば大丈夫だから。とにかく自分の部屋に戻って今日はもうお休み？」

「……ううっ」

やっぱり、玲生君も人間じゃない。にっこり笑ってはいるけど、優しくないもん。

「……」

泣きながら玲生君の部屋を出たら、玲生君の弟の狐……黄太君？　が、私をじっと見上げていた。

「……何よ」

「おまえ、寂しいのか？　おれが話聞いてやるぞ」

こんな小さい子に哀れまれるなんて……！

「……っ馬鹿にしないで!!　子供は黙っててよ!!」

「……～!!　おにばば……!!」

「な……っ!?　私はまだ十七歳よ!?」

恥ずかしさと怒りで怒鳴ったら、黄太君はぴゅーっと逃げていった。

まったく、なんて失礼な子供なのよ！　玲生君とは大違いね！

……玲生君も、思ったより優しくなかったけど。

「何よ、みんなお姉ちゃんばっかり。……早く宗太君に会いたい」

宗太君は私にも優しいんだから！

……そうかしら？

宗太君だって、本当はお姉ちゃんのことが好きなことには、私も気づいてる。宗太君が私に優しいのは、私がお姉ちゃんの妹だから――。

「なんでよ……どうしてなの……」


――私が小学校六年生になる頃、母を亡くした。

葬式に出るため、いつも仕事で忙しい父もさすがに休みを取って、母が暮らしている田舎の母の実家に二人で向かった。

母といっても全然会ったことない人だから、お葬式に行っても悲しいとかはあまりなかった。

それより父と一日中一緒にいられることが、私は嬉しかった。

でもこういうときはきっと泣いたほうがいいんだと思って、私は父に思い切り泣きついた。

母が死んで、同じくずっと会っていなかった姉と一緒に暮らすようになっても、父は相変わらず忙しそうだった。

朝起きると、いつもテーブルには「これで何か食べなさい」という短い手紙とお金が置いてあるだけだった。

私は寂しかった。

でも、私とタイプが違いすぎる一つ上の姉には上手に甘えられなくて、わざと困らせるような我儘を言うようになっていった。

そう、本当は、お姉ちゃんに構って欲しかったんだ。

姉に素直に甘えられなかった私の我儘は、歳を重ねるごとにエスカレートしていった。

食費として父が置いていったお金は、お姉ちゃんの分も私が使うようになった。

「ごめーん、お姉ちゃんの分も使っちゃった〜」

そう言っても、お姉ちゃんは大して私を咎めない。

お弁当は買わずに自炊して、うまくご飯を作っていた。

お姉ちゃんが作ったご飯が食べたくて「私もお腹空いちゃった。何か作ってよ」と言ってみたとき、たまたま父が早く帰ってきたことがあった。

お姉ちゃんは「愛琉が食費を使っちゃったから、あなたの分は作れない」と言ったけど、父に聞かれると思って、私はつい、

「お父さん！　お姉ちゃんったらひどいのよ！　私にはご飯を作ってくれてないの！」

そう言って、父に泣きついた。

父は私の頭を二度撫でると面倒くさそうに溜め息をついて、

「椛、お金が足りないなら言いなさい」

とだけ言って、お金を置いた。

お姉ちゃんは私が食費を使っちゃったことを父に告げ口しなかったけど、そのときの私を見る蔑《さげす》んだような目が、忘れられない。

何よ……！　私のことが哀れだとでも言いたいの!?

哀れなのはお姉ちゃんのほうでしょう!?　友達もろくにいないし、親にも愛されていないくせに――！

……いや、お姉ちゃんには心から信頼し合っている、宗太君がいる。お母さんやおばあちゃんにも、きっと愛されていた。

私には友達と呼べる子がたくさんいるけど、どの子も喧嘩をしたらすぐ終わり。そして、親友と呼べるような子はいない。

男の子からもモテるし、たくさん声をかけられる。でもみんな、私の容姿やノリがいいから一緒にいるだけで、中身なんて見てくれていない。

私はずっと一緒にいた父にも、ちゃんと愛されているかわからない――。

「何よ……、何よ……、なんで、お姉ちゃんばっかり……！」

……本当は、ずっとずっと寂しかった。

本当に私のことを愛してくれている人はいなかったから。

だから、自分はお姉ちゃんよりも可愛くて、友達が多くて、毎日楽しくて、幸せだと思うことで……自分を保っていた。

「……私は、どうしたらよかったのよ」

涙を拭って歩いていた私の足は、自然と姉の部屋に向いていた。

◆告白

愛琉と合流してからの数日間、私たち姉妹は同じ部屋で眠った。

この屋敷には空き部屋がたくさんあるから、愛琉にも一人部屋が与えられていたけど、彼女は夜中になると泣きそうな顔でやってきた。

素直じゃないけれど、怖い思いをして、不安だったのね。それも当然だと思い、私は朝になるまで彼女と一緒にいてあげた。

「……お姉ちゃん」

「なぁに？」

「………ごめんね」

そして、愛琉が来て七日目の夜。

私に背中を向けたまま、消えそうなほど小さな声でそう呟いた彼女の肩が小刻みに震えていることに気づいて、私はそっと愛琉を後ろから抱きしめた。

「大丈夫。宗ちゃんのことを助けたら、きっと帰れるから」

「……うんっ」

愛琉は泣いていた。ぽろぽろぽろぽろぽろ、静かに涙を流して。

姉妹らしい関係は築いてこられなかったけど、すごく小さい頃――、まだ愛琉も母と祖母と一緒に暮らしていた頃は、とても可愛い妹だった。

私も幼かったけど、妹ができてすごく嬉しいと思った記憶はある。

「お姉ちゃんらしいことをしてあげられなくて、ごめんね」

「……ううんっ」

その日は、まるで幼い頃に戻ったみたいに、泣いている愛琉を優しく抱きしめて眠りに落ちた。

その翌日から、愛琉が夜中に私の部屋を訪れることはなくなった。

日中顔を合わせると、いつも通り強気な愛琉だけど。

食卓に上がる魚や山菜も、文句を言わずに食べるようになったのが、彼女の中でのちょっとした成長。

「――ふーん。おまえも大変だったんだな」

「そうでもないけどね」

その日の夜。

縁側で銀夜を見つけた私は、久しぶりに隣に座って少し話をすることにした。

もしかしたら銀夜は、私を待っていたんだったりして？

向こうの世界にいた頃の愛琉との話をすると、銀夜はそう言って唸ったけど。

玲生さんから銀夜の仲間や家族の話を聞いている私は、彼の気持ちを考えて胸が苦しくなった。

「……おまえは、今でも元の世界に帰りたいと思っているか？」

「え……」

ふと問われた質問に、私の鼓動がドキリと跳ねる。

「それは……。向こうには、おばあちゃんもいるし……愛琉だって、宗ちゃんだって、きっと帰りたいと思うし……」

「そうか。そうだよな」

「……」

私の返事を聞いて、銀夜は切なげに目を細め、月を見上げた。

この山から見える月も星も、とても綺麗。銀夜が夜中によくこうして空を見ているのがわかる。天気がいい日は、まるで天然のプラネタリウムのよう。

「とにかく、今は宗ちゃんが生きているかもしれないってわかって、本当に嬉しい」

なんだか気まずい雰囲気を感じた私は、努めて明るくそう言ってみた。

「だが、生きていたとしても黒鬼丸に囚われているんだ」

「……」

けれど、銀夜からは現実的な言葉が返ってくる。

「どっちみち、あの鬼を封印しなければその男も助けられない」

「そうだよね……」

わかってる。宗ちゃんが生きているかもしれないということは本当によかったけど、鬼を封印しなければいけないことに変わりはない。

「宗ちゃん、ひどい目に遭っていないかな……」

「とりあえず血の匂いはしなかったぞ」

「そっか……」

それじゃあ、傷つけられたりはしていないかもしれない。でも、ちゃんとご飯食べられてるかな？

「早く宗ちゃんを助けに行かなくちゃ……。そのためにも、私が姫巫女の力を覚醒させる必要があるよね」

「ああ」

一度は力が発動したけれど、それ以来同じようにやってみようとしてみても、なかなかうまくできていない。

あのとき、どうやって力を使ったのかは自分でもよくわからない。とにかく銀夜が危ないと思って、必死だった。

以前は姫巫女様と山神様が一緒に鬼を封印したというけれど、銀夜が山神様になるには、私と結ばれなければならない。

結ばれるなんてそう簡単なことではないと思うし、今はまだ鬼の力が完全に復活していないなら、私だけで鬼を封印することができればいいのに。

とにかく、姫巫女の力を覚醒させることが何より急がれる――。

「好きなのか？　そいつのこと」

「えっ……、う、うん」

「……そうか」

そんなことを考えていたら、突然そう質問をされて思わず反射的に頷いてしまった。

けれど、銀夜は私の返事を聞いて耳としっぽをしゅんと下げ、わかりやすく落ち込んだ。

……？　何？　その悲しそうな表情は。

「あっ！　好きって、別にそういう意味じゃなくて、大切な幼馴染だからって意味で――」

きっと勘違いしてるんだ。

そう思って慌てて付け足してみたけれど、銀夜はまっすぐに私を見つめると、ふと口を開いた。

「俺は椛が好きだ」

「……え？」

「俺は、姫巫女の血を継いでいるからとか、そういうことを抜きにしても、おまえのことが好きだ」

「……銀夜」

銀夜の言葉と真剣な表情に、胸が高鳴る。

けれど突然すぎる告白に、私は動揺してすぐに言葉を返せない。

「おまえは、俺のことをどう思ってる？」

「そ、それは……」

ずるいよ。そんな聞き方。私のことを好きって言ってすぐ、聞いてくるなんて。

「私も好き」って答えなきゃいけない流れじゃない……。それに、宗ちゃんのことを好きって言ったばかりだよ？

でも、それと同じ意味で好きなんて、きっと通用しないでしょう？

「どうなんだよ」

「……だから、それは」

なんと答えたらいいのかわからずにいる私に、銀夜はずいっと迫ってくる。

自分でもびっくりするくらい胸がドキドキして、銀夜と目を合わせていられなくなった私は、逃げるように逸らしてしまった。

「なぜ目を逸らす」

「だって、銀夜近いんだもん——！」

そうしたら銀夜は更に顔を寄せてきた。彼のあたたかい息が私の頬に触れる。

本当に、いつも距離感バグってるんじゃない!?　って思うくらい、銀夜は近い!!

「もう！　離れてよ……!!」

いつもみたいに押し退けようとしたのに、先に銀夜に手首を摑まれて、そのまま私は彼の胸の中に抱きしめられてしまった。

きっといつもは、わざと押し退けられていたんだ。銀夜が本気を出したら、私なんかが敵うはずはない。

「……っ」

「逃げるな、椛」

耳の近くで甘く囁かれて、ぞくりとしたものが身体を巡っていく。

逃げてなんていない――――！

そう答えようとして、自分に問う。

……本当にそう？

銀夜に抱きしめられて、私はこんなに動揺しているのに、全然嫌じゃない。

むしろ、銀夜にはっきり「好き」と言われて、すごく嬉しい。

銀夜は私が姫巫女様の血を受け継いでいるから、結ばれようとしているだけだと思っていた。

だから、それを抜きにしても好きだなんて、そんな嬉しいことはない。

銀夜が嘘をつけない性格だって、私はよく知っている。

「……」

その温もりも、銀夜の香りも、声も、私は大好き――。

本当は、銀夜にはいつもドキドキしっぱなし。

だからつい、私も銀夜の背中に手を回しそうになった。あたたかい銀夜を、私も抱き返したいと思った。

……でも、私と銀夜は住む世界が違う。

過去の姫巫女様と山神様だって、愛し合っていたのに離ればなれになってしまっている。

私も、人間の世界に帰ったら……もう銀夜には会えなくなってしまう。

それは嫌。

「……」

私は怖いんだ。私は、銀夜を愛していると認めて、彼と心を通わせて、会えなくなってしまうのが、すごく怖い。

「……っ」

「椛？　……！　わ、悪い、泣くほど嫌だったのか……！」

それを考えただけで、私の瞳からは涙が溢れた。

けれどその涙の意味を勘違いした銀夜は、慌てて私を抱きしめていた手を離してしまった。

「違う……違うの。でも、今はまだ……」

「……わかったから、泣くな」

涙を拭って首を横に振ったら、何かを察してくれたのか、銀夜はもう一度私を抱きしめて、〝どろん〟と犬の姿に変身した。

「銀夜……」

「……くぅん」

そして、泣いている私の頬をぺろりと舐めて涙をすくい取り、もふもふの身を寄せてくれた。

「……ふふ、あったかい」

そんなわんこ銀夜に、今度こそ私は思いのままぎゅっと抱きついた。

◆姫巫女の力

その日、私は愛琉と山菜を採りに外へ出ていた。

この明るい時間なら、屋敷から離れなければ危険な目に遭うことはない。

それでも銀夜の仲間の山犬に一匹ついてきてもらった。妖力が強くない山犬は人の姿になることはできないけど、危険な匂いを感じたらすぐに教えてくれるし、私たちを背中に乗せて逃げてくれる。

お魚やお肉の調達は銀夜や玲生さんがしてくれているけれど、私も少しは食料調達の役に立ちたい。

「愛琉、足下気をつけてね」

「……ねぇ、お姉ちゃん。まだ銀夜君と結ばれてないの？」

「え!?」

じっと私を見た愛琉の唐突すぎる発言に、思わず大きな声を出してしまう。

「な、なんで……？」

「銀夜君、すっごくイケメンだし、相当一途だよね。私の誘いにもまったく乗ってこなかったし」

「待って、愛琉。銀夜のこと誘ったの？」

私はそのことに驚いて聞き返したけど、愛琉は軽く「うん」と答えて続けた。

「銀夜君の何が不満なの？　犬耳としっぽが生えてること？　でも相当いい身体してるし、それくらい気にならないって！」

「……」

愛琉は、銀夜の身体も見たのだろうか。

……まぁ、さすがに裸を見たわけではないと思うけど。

とにかく、あまりにも恥じらいなくしゃべり続ける愛琉に、こういう会話に慣れていない私は照れてしまう。

「お姉ちゃんが銀夜君と結ばれてくれたら、私は遠慮なく宗太君にいけるし。あ、宗太君を助けたら、私が頑張ったって伝えてくれる？　お姉ちゃんには銀夜君がいるからいいよね？」

「……」

なんて勝手なことを言っているのだろう……本当に、この子は。宗ちゃんの気持ちだってあるのに。

「そもそも、結ばれるっていうのも具体的にどういうことかわからないし」

「え、わからない？　……お姉ちゃん、十八にもなってそんなことも知らないの？」

「そうじゃなくて！　私は心の繋がりのほうが大切だと思う」

「……ふぅん」

不満げな声を出す愛琉に、「とにかく今は山菜採りに集中して」と言って、内心で溜め息を一つ。

私だって、ちゃんと考えてる。銀夜は私のことが好きだと伝えてくれた。私も銀夜のことが好き。でも、それだけでは銀夜が山神様ほどの力を得られるわけではないらしい。

ということは、もっとちゃんとした形で結ばれなければならないのだろうか。

やっぱり私もきちんと気持ちを伝えなければいけないの……？　でも、銀夜に直接気持ちを伝えるなんて。

お伽噺の中ではよく、真実の愛の〝口づけ〟で結ばれるのがお約束だったりするけど……。

「……～～無理っ!!」

「うわ、びっくりした。急に大きな声出してどうしたの、お姉ちゃん」

「……なんでもない」

一瞬銀夜の真剣な顔が迫ってくるところを想像して限界を迎えた私は、それを振り払うように頭を横に振った。

そういう経験がなさすぎて、私にはとてもハードルが高い。こういうところは、愛琉を少し見習いたいくらい。

もちろん、銀夜のことを誘ったというのは聞き捨てならないけど。

「あ、ねぇお姉ちゃん。これも食べられるよね？　生だとちょっと苦いけど」

「うん……って、愛琉よく知ってるね」

「だって私はこの山で数日生き延びたんだもん」

「そっか、そうだね」

愛琉はあんなに山菜や野菜を嫌がっていたのに。やっぱり人は、過酷な環境下に置かれると、死ぬ気でなんとかしようとするのね。あんなに我儘だった愛琉も、ここに来て少しは素直になったし、好き嫌いもなくなりつつある。それはちょっとよかったかもしれない。

そんなことを考えていたときだった。

「……、宗太君!?」

「え？」

山犬がピクリと反応して顔を上げたのと同時に、愛琉が突然宗ちゃんの名前を口にした。

「待って、宗太君!!」

「愛琉？　ちょっと、どこに行くの!?」

「今、宗太君がいた!!」

「え……？」

そして、突然顔色を変えて走り出してしまった愛琉を、私たちは慌てて追った。

宗ちゃんがいた……？　本当に？

本当なら確かにすぐに追いたいけれど、いくら今は昼間とはいえ、私たちだけで銀夜の屋敷を離れるのはまずい。

私はまだ、姫巫女の力を自在に使えるわけではない。

「愛琉、本当に宗ちゃんがいたの!?」

「間違いないよ！　待って、宗太君!!」

私だって、もちろん宗ちゃんを助けたい。

「……っ」

ぎゅっと勾玉を握りしめて覚悟を決めると、先を行く愛琉を追った。


「——宗太君……どこに行ったの……？」

少し走ってから、愛琉は息を切らして立ち止まった。着物を着ているから走りづらいし、本当に宗ちゃんがいたのかはわからない。

山犬も確かに何かを感じたようだけど、今はもう足を止めてしまっている。

とにかく、辺りに宗ちゃんらしき人は見当たらない。

「愛琉……やっぱり気のせいだったんじゃない？　宗ちゃんが一人で逃げてきたのだとしても、愛琉の呼びかけに反応しないのはおかしいよ」

「でも……っ」

ここはもう山犬の縄張り外。あやかしや獣が出たら、まずい。

「銀夜が帰ってきたら話してみよう。彼なら匂いで宗ちゃんが近くにいるかわかるから、一旦帰ろう？」

「……わかった」

けれど、納得してくれた愛琉にほっと息を吐いた、次の瞬間。

「ワオン!!」

「！」

山犬が大きく鳴いた直後、一瞬にして目の前が真っ白になった。

何かが私の身体にぐるぐると巻きつき、咄嗟に愛琉に手を伸ばす。

「愛琉――っ！」

「……お姉ちゃん!?」

その手が愛琉に届くことはなく、私は口も目も白い何かに覆われて、意識を手放した。

「――んん」

少しずつ意識が戻ってくる中、全身に痺れたような感覚が広がっていることに気づいた。まるで無数の針が私の皮膚を刺すような痺れがある。

ゆっくりと息を吐きながら頭を覚醒させていくと、だんだん視界がはっきりしてきた。

ここは、どこ……？

でもそこは、知らない場所。私は見知らぬ小屋の中で横になっているようだ。

「宗ちゃん……!?」

そして、隣には同じように横になって目を閉じている宗ちゃんがいた。

けれど、私も宗ちゃんも、手足を白いねばねばしたものでぐるぐる巻きにされており、うまく身体を動かせない。

「もう、なんなのよ、これ……！」

愛琉が宗ちゃんを見たのは本当だったんだ。でも、眠ってるの？　それじゃあ、どうやって動いていたんだろう。

それにこの白い糸には、見覚えが――。

「うう……っ」

「宗ちゃん、大丈夫!?」

「椛……？」

「そうだよ、私！　しっかりして!!」

目を覚ました宗ちゃんに、必死で呼びかけた。おそらく私と同じように痺れているのだろう。

でもよかった……！　やっぱり宗ちゃんは生きていた!!

それをこの目で確認したら、ほっとして涙が込み上げそうになったけど、安心するのはまだ早い。

「宗ちゃん、今助けるから……！」

なんとか糸をちぎって、宗ちゃんを銀夜の屋敷に連れて帰らなきゃ。

そう思い、私は必死で手足を動かしてみたけれど。

「……駄目だ、椛……っ、逃げて!!」

「——え？」

はっきりと目を覚ました宗ちゃんは、状況を理解した途端に大声を出した。

けれど、残念ながら私も身動きが取れない。

「あらぁ、目が覚めた？」

「あなたは……！」

そしてやってきたのは、この世界に来た私たちに最初に襲いかかってきた、あの女郎蜘蛛だった。

確かこのあやかしは、鬼の仲間だと玲生さんが言っていた。

……でも、近くに鬼はいないようだ。

「やっと捕まえた。山犬どもの目を盗んで、このガキを糸で操りおまえをおびき寄せるのに、苦労したのよ？」

「糸で操った？」

宗ちゃんは、糸で操られていたの？　だから愛琉の呼びかけにも応じなかったのね……。この糸には毒が含まれているのかもしれない。

「私たちをどうする気？」

「おまえを黒鬼丸様に差し出すのよ。ふふ、今度はちゃんと捕まえた。よくやったと褒めてくださるわぁ」

「……」

ふふふ、と嬉しそうに笑う女。そうしているのを見ると、本当にただの美しい女性に見える。

「でもこんな小娘に、本当に姫巫女の血が流れているのかしら？　私には全然わかんないわ」

「……」

不満げにそう呟くと、私の顎を摑んでぐいっと持ち上げ、溜め息をつく。

どうしてすぐ鬼のところに連れていかないのだろう……？

「私のほうがずぅっと美しいのに……どうして黒鬼丸様はこんな小娘がいいのかしら」

「……」

じろじろと私の顔を眺めながら、はぁ、と溜め息をつく女に、この状況をどう打開しようかと必死に考える。

鬼のために私を捕まえたのなら、この女は私を殺さない……。

「黒鬼丸様はおまえに夢中で、私に全然振り向いてくれないの」

「そんなこと言われても……」

私にどうしろと言うのだろう。それに、捕まえたのにすぐに鬼のところに連れていかないのも、気になる。

……もしかして、この女は黒鬼丸のことが好きなの？　だから本当は、私を鬼のもとに連れていきたくないのかもしれない。

あやかしは一途だと聞いたけど、この女も、鬼も、そうなのだろうか。

「黒鬼丸様は、おまえが生まれ変わってくるのをずーっと待っていたのよ？　三百年以上も。信じられる？」

「……私が生まれ変わる？」

「あら、覚えていないのね。おまえの前世は、黒鬼丸様を封印した姫巫女なのよ」

「え――？」

ふふふ、と愉快そうに笑いながら紡がれた言葉に、一瞬混乱してしまう。

「私が、姫巫女様の生まれ変わり……？」

「そう。黒鬼丸様が言っていたから、間違いないわ」

「……そんな」

そんなの、初めて聞いた。銀夜は何も言っていなかったけど、知っているのだろうか？

「復讐すればいいのに。黒鬼丸様ったら、今度こそおまえと結ばれたいだなんて言って……妬けちゃう」

「……」

やっぱり。この女は、黒鬼丸のことが好きなんだ。本当は私のことが邪魔で殺したいだろうに、命令に従わざるを得ないんだわ。

「ねぇ、おまえから言ってくれない？　たとえ黒鬼丸様のものになっても、私のことも愛してあげてって」

唐突すぎて、頭の中がぐちゃぐちゃになる。

宗ちゃんが生きていてくれて、やっと会えて……。私は今、そのことでいっぱいいっぱいだったのに。

愛琉のことだって心配だし、この女をどうやって倒してやろうかってことだけを考えたいのに。

私が姫巫女様の生まれ変わりで、鬼のものになってもこの女を愛してやれって？

冗談じゃないわ。

「ねぇ、聞いてる？」

「……ならない」

「え？　何？　聞こえないわよ」

「私は、鬼のものになんかならない！　あなたを倒して、銀夜のところに帰るんだから!!」

自分勝手なことばかり言っているこの女に、だんだんイライラしてきた。

この女だけじゃない。あやかしは一途なのか知らないけど、みんな自分勝手すぎる。

一方的に俺の花嫁だとか、俺のものにするだとか……！　私にも気持ちがあるのに……!!

「は……？　何よあんた、自分の立場わかってる？　今ここで殺したっていいんだからね!!」

「あなたに私は殺せないでしょう？」

「……なんだって？」

「だってそんなことをしたら、黒鬼丸様に怒られるんだから」

「……ッ!!」

この女に私は殺せない。

そう思って挑発するようなことを言った私に、女はギリ、と歯を食いしばり、真っ赤な目を光らせた。

「生意気な!!」

「……っ！」

「椛……！」

そして自分の髪から簪《かんざし》を抜くと、私の太ももに突き刺した。ズキリと感じる鋭い痛みに、小さく悲鳴がこぼれる。

「確かにおまえのことは殺せなくても、このガキは殺せるのよ。おまえを捕まえたら、どうせこいつは用なしだから。私が喰ってやる！」

「うわっ!?」

「宗ちゃん！」

それから女が手を伸ばしたのは私ではなく、宗ちゃんだった。白い糸により、宗ちゃんの身体が宙に浮く。

「う……っ!?」

「宗ちゃん!!」

再び糸でぐるぐると身体をしめつけられた宗ちゃんは、苦痛に顔を歪ませる。

「小娘が!!　ようやく自分の立場がわかったか!!」

「……っ」

「このまましめつけて全身の骨を砕いてやろうか？　人間は弱く惨《みじ》めな生き物だからね!!」

「ぐああ……っ!!」

「やめて!!」

苦痛に悲鳴を上げる宗ちゃんに、私は精一杯の大声で叫ぶ。

「わかったら私の言うことを聞け!!」

「……っ」

「椛……、駄目だ……逃げ……て」

自分が殺されてしまうかもしれないというのに、宗ちゃんは尚もそんな言葉を呟いた。

やっぱりこの女は人間じゃない。せっかく見つけた宗ちゃんが、また私のせいで犠牲になってしまうかもしれない。そんなの絶対に嫌。

……私だって、本当はとても怖い。でも、恐怖よりも怒りの感情のほうが強い。

「絶対に負けない……」

「だから、聞こえないんだよ、ぼそぼそしゃべるな！」

「あなたたちのようなあやかしに、私は絶対負けない!!」

感情が高まって、頭も胸の奥も熱くなった。

依然身体に糸が巻きついていて身動きは取れないけれど、それでも私は女を鋭く睨んだ。

「はっ、強がってるけど、震えているじゃない？　ふふ、可愛い。やっぱりおまえも私が喰べちゃおうかしら。足の一本くらいなら、死にはしないでしょう？」

その状態を見て、女はおかしそうに笑うと、舌なめずりをした。

私が本当に姫巫女様の生まれ変わりなら――。平気で人を傷つけるようなこんなあやかしには、絶対に負けない――!!

「宗ちゃんを返して!!」

感情のまま叫んだ瞬間。内に秘められていた力が爆発するような感覚が身体を包んだ。その光はあたたかく、私の中の恐怖を一掃していく。

直後、目の前がぱぁっ――と、淡い光で覆われ、私に巻きついていた糸が溶けていく。

感情は高ぶっているけれど、同時にとても落ち着いている。私の心は力強さと勇気で満たされ、先ほどまで感じていた恐怖が消えていく。

「な、何よ、この光は……!?」

これは以前、鬼を前にしたときと同じ光だ。勾玉から発せられている、淡く赤い光。

……いや、以前よりも大きく、力強く私の身体全体を包み込んでいる。力が込み上げてくるのがわかる。

私は、女郎蜘蛛《このあやかし》よりも強い――。

そう確信した。

「ち、近づくな!!　それ以上近づいたらこのガキを殺す……!」

「させない」

立ち上がり手に意識を集中させ、勾玉から発せられている光を前に飛ばすようなイメージで、宗ちゃんに手を伸ばした。

私を覆っていた赤い光は、私の意思で宗ちゃんに向かって伸びていく。

脅しが通用しないと悟ると、女は慌てたように私に向かって糸を飛ばしてきたけれど、私には届かない。

女の糸は光に触れると、溶けるように消えてしまうのだ。

そして、女が何もできずにいる間に、その光は宗ちゃんに巻きついていた糸も溶かしていった。

「おのれ……!!　憎き姫巫女め!!」

糸から解放された宗ちゃんの身体はどさりと床に落ちたけど、あのくらいの高さからならきっと大丈夫。

それより今は、この女をなんとかしなければ——。

「邪悪なる者よ、我が巫女の神聖なる力を前に消え去れ。光の加護により永遠の闇へと還れ——!」

「——!!」

私の口から、すっと言葉が出てきた。それは、まるで私に別の誰かが乗り移ったかのような感覚だった。

「ギャァァアアアア——!　黒鬼丸様、黒鬼丸様ぁ——……ッ!!」

私から放たれた光を受けて、女郎蜘蛛はその名を叫びながらぼろぼろと崩れるように朽《く》ちていった。

その場には、私の血が付いた簪だけが残された。女郎蜘蛛は姫巫女の聖なる光に包まれ、浄化されたのだ。

「……椛」

「宗ちゃん、大丈夫!?」

痺れてうまく動けないでいる宗ちゃんに駆け寄り、起き上がろうとしている身体を支える。

「うん……、椛も、血が……」

「大丈夫。これくらい、すぐに治せるわ」

「そうなんだ……。椛は、姫巫女様の生まれ変わりなの……？」

「……そうみたい」

「すごい、ね……」

ぎこちないけれど、痺れを堪えてにこりと微笑んだ宗ちゃんに、ほっと胸を撫で下ろす。

この毒の痺れはきっとじきに消える。それに、宗ちゃんも幼い頃からずっと姫巫女様と山神様の言い伝えを聞いてきた。だから状況をすぐに受け入れられたのだと思うけど……。

まさか私が姫巫女様の生まれ変わりだなんて、同じように驚いているはず。

「とにかく、銀夜の……山犬の屋敷に帰ろう」

「……うん」


その後、小屋を出て歩いていた私たちのもとに、ものすごい速さで銀夜がやってきた。

きっと山犬《あの子》と愛琉が知らせてくれたのね。

銀夜は宗ちゃんを見て、彼が誰なのかすぐに察したようだった。

それでもその場では何も言わず、とにかく今は屋敷に帰るのが先だと思ったようで、彼は大きな犬の姿になると私と宗ちゃんをまとめて背に乗せて運んでくれたけど……。

私は、銀夜に会えた安心からか、一気に気が抜けてそのまま気を失ってしまった。

＊

意識を手放した私は、夢を見ていた。とても古い記憶の夢。まるで霞の中を歩くように、その夢は鮮明でいて曖昧だった。

〝もみじ――〟

誰かが私の名前を呼んでいる。その声は穏やかでどこか懐かしく、心に染み入るような響きだった。

振り向くと、そこには美しい銀髪の男性が立っていた。彼の長髪は月光を浴びて輝き、白い着物が大きくてやわらかな風貌を引き立てていた。

〝もみじ――〟

……あなたは、誰？　銀夜？

とても愛おしそうに私の名前を呼んでいる。

……違う、銀夜じゃない。でも、彼は――。

その瞳には深い愛情と憂いが宿っていて、私の名前を呼ぶたびにその声が私の心の奥深くに響いた。

私を見つめるその視線に、なぜだか胸がしめつけられる思いがした。

「──みじ、椛！」

突然、夢から引き戻された私が目を開けると、そこには銀夜がいた。彼の表情には心配と安堵が入り交じり、私と目が合うとほっと息を吐いた。

「……ぎん、や？」

「よかった、目が覚めたか。……大丈夫か？」

「うん……私、眠っちゃってたんだ」

「お姉ちゃん……、よかった～!!」

「愛琉……」

身体を起こすと、そこは自分の部屋の、布団の中だった。愛琉が安心したように、泣きながら寄り添ってくる。

それにしても、今の夢は、一体……？

遠い過去の記憶のような夢だった。まるで私が実際に体験したような夢。でも、私はあんなこと、経験していないよね……？

「お姉ちゃん、太ももを怪我してたんだよ？　痛くない？」

「うん……平気」

簪で刺された太ももの傷は既に手当てされて、包帯が巻かれていた。

……まさか銀夜、こんなところを舐めてはいないよね……？

一瞬それを想像して身体が熱くなったけど、とにかく心配そうな顔をしているみんなに、笑顔を見せた。

泣いている愛琉の隣には、宗ちゃんもいる。もう身体は平気そう。

「愛琉が銀夜に知らせてくれたの？」

「そうだよ……！　お姉ちゃん、いきなり白い糸にぐるぐる巻きにされていなくなっちゃうんだもん……っ！　本当にびっくりしたんだから……!!」

「ごめんね……銀夜に知らせてくれて、ありがとう」

みんなの顔を見て私も安心したけれど……今の夢はなんだったんだろう。夢の中で感じたあの感覚が、今も心に残っている。とても気になる夢だった。

「椛、本当に大丈夫？」

「うん、平気だよ。宗ちゃんも、怪我はない？」

「僕も大丈夫だよ、椛のおかげで。本当にありがとう」

「こいつから話は聞いた。おまえ、女郎蜘蛛を倒したんだって？」

「……うん」

覚えてる。あのとき、私の中に姫巫女様が宿ったみたいな感覚になって、すらすらと言葉が出てきた。力が湧いて、溢れ出た。

「椛さんの力が覚醒したのかもしれないね」

玲生さんの言葉に、銀夜が同意するように頷いて私を見つめる。

「……」

私の姫巫女としての力が覚醒――そうなのかもしれない。

それに、女郎蜘蛛は私が姫巫女様の生まれ変わりだと言っていた。銀夜は、どう思っているのだろう。

「とにかく、二人とも無事でよかった。今日はゆっくり身体を休めて、詳しい話は明日にしよう」

「はい」

銀夜は私に何か言いたげな視線を向けていたけれど、玲生さんの言葉を聞いて「そうだな」と呟いた。


「――椛、本当にありがとう」

「ううん。宗ちゃんが無事でよかった」

黄太君がお風呂を沸かしてくれたから、私は宗ちゃんを浴室に案内することにした。

愛琉は玲生さんと一緒に夕食の準備をしてくれている。「宗太君のために」と、張り切っていた。

「椛があんな力を使えるなんて驚いたよ。でもおかげで助かった。椛がいなかったら、僕は死んでいたから」

宗ちゃんはそう言ってくれるけど、そもそも彼は巻き込まれてしまっただけ。

そのせいでとても恐ろしい目に遭っていたと思うと、いたたまれない。

「……あのときは、本当にごめんなさい。宗ちゃんは囮になってくれたんでしょう？」

「僕は、椛が無事ならそれでいいんだ」

「宗ちゃん……」

以前と変わらない笑顔を見せてくれる宗ちゃんに、胸がしめつけられる。

あんなに恐ろしいあやかしに数日囚われていたなんて……一体どれほどの恐怖を味わったことだろう。

きっと鬼もあの女も、銀夜や玲生さんのように優しくはしてくれなかったはず。

「入るぞ」

そんなことを考えていたら、ノックもなしに脱衣所に銀夜が入ってきた。手に着物を持っている。

「おまえ、風呂から出たらこれを着ろ」

「これは……？」

「俺が子供の頃に着ていたものだ。俺には小さいが、おまえにはちょうどいいだろう」

「……」

確かに銀夜は背が高いけど、今の言い方はなんだろう。

じろじろと宗ちゃんの身体を上から下まで見て、はん、と嘲笑《あざわら》うように鼻で息を吐いているし。なんとなく、勝ち誇っているように見える。

「ありがとうございます。それじゃあ椛、また後で」

「うん。ゆっくり入ってきてね」

宗ちゃんはそんな銀夜の態度を気にしていないようだ。

「……」

「何？」

「いや、別に」

「……？」

脱衣所を出て銀夜と並んで歩いていた私だけど、彼からじっと注がれている視線に気づいて足を止めると、ふいっと顔を逸らされてしまった。

〝別に〟というわりには、むすっとしていて、明らかに不機嫌な気がする。

「どうしたのよ？」

「……よかったな、あいつが無事で」

「うん、本当によかった」

「……そのまま一緒に風呂に入って身体でも洗ってやるのかと思った」

「はぁ!? そんなわけないでしょう!? 何言ってんのよ……!!」

ああ……そうか。銀夜は焼きもちを焼いているのね？

まったく。宗ちゃんより年上だろうに、銀夜のほうが子供っぽく見える。でも。

「銀夜も、来てくれてありがとう」

「当然だろ。それより、遅くなって悪かった」

「……ううん」

内心で溜め息をつきつつお礼を伝えたら、不機嫌だったくせにそんなことを謝ってくれた。

しっぽがふぁさふぁさと揺れている。

素直なのかそうじゃないのか……。

でも銀夜のそういうところも、今では可愛く思えてしまう自分がいた。

＊

翌日、銀夜と玲生さんとともに庭に出て、私は姫巫女の力を発動させてみることにした。

「それじゃあ椛さん、やってみて」

「はい」

目を閉じて意識を集中し、あのときの感覚を思い出す。あのときは、宗ちゃんを助けたいという一心から、力が溢れ出た。

姫巫女様が私に宿ったような感覚だったけど……あれはなんだったのだろう――。

「……本当だ」

しばらくすると、心の声が漏れたように呟かれた玲生さんの言葉が聞こえ、目を開ける。首から下げている勾玉がふわりと浮いており、私の身体全体を淡く赤い光が包み込んでいた。

「椛……」

それを見て、なぜか銀夜は切なげな視線を私に向けていた。力が覚醒して喜んでいるのとはなんとなく違うように見える。

もしかして銀夜は、私を通して〝姫巫女様〟を見ている……？

そんな気がした。

「……っ！」

「椛さん、大丈夫？」

「すみません……っ」

けれど、突然ドクンと大きく鼓動が脈打ち、激しく呼吸が乱れた。胸の奥から込み上げる圧力に、息が詰まるような苦しさが襲ってきた。

少し力を解放しただけなのに、全身がしめつけられるように苦しい。

……どうしてだろう。昨日も気を失うように眠ってしまったけど、ここまで苦しくはなかった。

無理に力を使おうとしたから？　それとも、まだ何か足りないのだろうか。

「まだ完全に力を制御できてはいないようだね」

「……そうみたいです」

「だが間違いなく進歩している。焦らないで、またやってみよう」

「はい」

「……」

玲生さんの言葉に頷いて力を抜いた私を、銀夜はまた何か言いたげな顔で見つめていた。

「銀夜、どうかした？」

「いいや……。とにかく、よかった」

「……？」

何かを誤魔化されたような気がする。

私たちはそのままそれぞれの部屋に戻ったけど、私は銀夜の態度が気になったままだった。

◆今の椛が好きなんだ

椛が宗太を助け出し、この屋敷で暮らすようになって数ヶ月が経った。

椛が女郎蜘蛛を倒してからも、黒鬼丸は攻めてきていない。完全に力が戻っていない黒鬼丸は、女郎蜘蛛を失って動きが取りづらいのだろう。

だからといって、悠長にもしていられない。時間とともに徐々に力を取り戻していくのは間違いないのだから。

あいつが完全に力を取り戻すまでにあと何年……何ヶ月かかるかわからないが、のんびりはしていられない。

あいつは必ず椛を狙ってくる。あの男の執着ぶりは、相当なものだ。

だから一刻も早く黒鬼丸を封印するために椛と結ばれたいと、俺は焦る一方だった。


「椛、僕も手伝うよ」

「ありがとう、宗ちゃん。助かる」

「……」

しかし俺の気持ちとは裏腹に、肝心の椛は黒鬼丸に囚われていた宗太をいつも気にかけて一緒にいる。

まぁ、それも仕方ないとは思うが……。

今も二人で楽しそうに洗濯物を干しているところに遭遇して、もやっ……としたものが俺の胸を覆っていく。

「そういえば今朝のお味噌汁、すごく美味しかったよ」

「口に合ってよかった」

「宗ちゃんは料理が上手だよね」

「そうかな？」

「……」

椛は、俺と結ばれて黒鬼丸を封印する気はあるのだろうか？

宗太は大切な友達だと言っていたが、二人の距離感に俺の心はどうにももやもやする。

「——銀夜君。こんなところにいていいの？」

「愛琉……っ、なんだよ、いきなり」

そんな二人を遠くから見ていたら、いつの間にか背後から現れた愛琉が言った。

「お姉ちゃんのことが好きなら、もっと積極的にいかないと！」

「……だが、強引なのはかえってよくないんだろう？」

俺だって最初は焦っていたのもあって、無理やり椛と結ばれようとしたことがあった。だがそれはよくないと、玲生にも言われた。

「それは相手にその気がない場合！　お姉ちゃんだって銀夜君のことが気になってるんだから、もっと押さないと！」

「え……？　そうなのか？」

「そうよ！　そんなこともわからないの？」

愛琉はそう言うが、俺は椛に自分の気持ちを伝えている。しかし、椛はそれには応《こた》えてくれなかった。だから、椛も俺のことが気になっているなんて、まったく気づかなかった。……最近はいつも宗太と一緒にいるし。

「銀夜君って見た目はいいくせに、女の扱い方わかってないよね」

「……」

はぁ、と呆れたように溜め息をつかれたが、愛琉《こいつ》も最初の頃と随分態度が違うように思う。

まぁ、どうでもいいが。

「とにかく銀夜君がさっさとお姉ちゃんのこと落としてくれないと、私も宗太君にいけないじゃない」

「あ？」

「宗太君がお姉ちゃんに振られたら、私が慰めてあげる予定だから！」

「……そ、そうなのか」

そう言ってふふんと笑う愛琉に、こいつは本当に積極的なんだなと改めて感心した。

椛とは、本当に似ていない姉妹だ。

愛琉に言われたからというわけではないが、今夜あたりもう一度二人きりで椛と話をしてみよう。

椛も着実に姫巫女の力を使えるようになってきてはいるが、あいつは覚えていない。

俺たちが昔、互いにどれほど強く想い合っていたのかを。

とはいえ、今の椛はあのもみじではない。

だから、たとえ過去の記憶を思い出したからと言って、今世でももう一度俺の気持ちに応えてくれるとは限らない。

俺だって、過去の記憶を思い出す前に今の椛に惹かれていた。

過去の記憶は関係なく、やはり俺は椛が好きだ――。

◆宗太の想い

「――黒鬼丸はまだ動いていないが、いつ完全に力を取り戻して椛さんを狙ってくるかわからない」

「そうだな」

その日の夕食後。私たちは居間に集まって作戦会議を行うことにした。

唯一の仲間である女郎蜘蛛を失った黒鬼丸が、怒ってこの屋敷を襲撃してくることも考えられる。

「黒鬼丸が完全に力を取り戻して襲ってくる前に、こちらから行って封印するのが一番だろうね」

「だがそうなると、確実に封印できる保証がないと不安だ」

「……一刻も早く、私の力を安定させないと」

玲生さんと銀夜の言葉に頷いて、私は首から下げている勾玉をぎゅっと握った。

「そうだ。だから早く、俺と結ばれろ」

「……もう、そんな簡単に言わないでよ！」

私だって、早く黒鬼丸を封印したいけど。これぱかりは結ばれたいと思ってすぐに結ばれるものではない。でも私だって、どうすればいいのかちゃんと考えているわ。

「……その黒鬼丸っていう鬼、そんなにやばい奴なの？」

「ああ、椛が倒した女郎蜘蛛とはわけが違う」

愛琉の問いに、腕組みをしながら銀夜が答えた。

「へぇ……怖い。女郎蜘蛛も相当やばそうだったのに。糸とか使うし。私はここで留守番していいよね？　宗太君と一緒に――」

隣に座っている宗ちゃんに顔を向けた愛琉に釣られるように、私も宗ちゃんに視線を向けて、はっとする。

「宗ちゃん⁉」

「……っ」

「宗ちゃん、どうしたの？　大丈夫⁉」

「うう……っ」

両腕で自分の身体を抱きしめるように抱え、ガタガタと震えている宗ちゃん。顔色も悪い。

もしかしたら、囚われていたときのことを思い出してしまったのかもしれない。

「ごめん……、平気だよ」

「平気そうには見えないよ！」

無理をして笑顔を浮かべているのがわかる。宗ちゃんはきっと、とても恐ろしい目に遭っていたんだわ。

「無理しないで、部屋で休んで？」

「うん……そうするよ」

おろおろしている愛琉に〝大丈夫よ〟と目で合図を送り、私は宗ちゃんの身体を支えて彼の部屋まで付き添うことにした。


「話の途中だったのに、ごめんね。僕のせいで……」

「ううん、本当に無理しないで。何かあったら、いつでも言ってね？」

「……ありがとう、椛」

やっぱり、宗ちゃんのことは心配。

まだこっちの世界に慣れていないのもそうだけど、すぐに銀夜の屋敷に来られた私と違って、彼は数日の間鬼や女郎蜘蛛と一緒だったのだから。殺されはしなくても、恐ろしい思いをしたに決まってる。

しかもそれは、私のせいで――。

私にできることは、なるべく宗ちゃんと一緒にいてあげることだけ。愛琉や私が少しでも多く一緒にいてあげることで、宗ちゃんの不安が薄れていってくれたらいい。

そして、早く元の世界に帰らないと……。少なくとも、宗ちゃんと愛琉だけでも、早く帰してあげられたらいいのに。

「とにかくゆっくり休んでね」

「……椛は、銀夜さんのことをどう思っているの？」

「え？」

部屋を出ようとした私に、呟くような宗ちゃんの声が届き、足を止める。

「僕と離れている間、椛はずっと、銀夜さんたちと一緒に過ごしていたんだよね？」

「うん……すぐに銀夜が助けてくれて、この屋敷に連れてきてもらえたから」

私だけ、安全な場所にいたことを改めて申し訳なく思ったけれど、宗ちゃんは窺うような目を私に向けて続けた。

「……銀夜さんが椛と結ばれようとしているのは、椛が姫巫女様の血を受け継いでいるからでしょ？」

「それは――」

一番の理由はそうかもしれない。私も最初は、そう思った。

でも、今はそれだけではないと感じ始めている。銀夜は、本当に私のことを想ってくれているのだと、信じていいように思う。

「椛は、銀夜さんのことが好きなの？」

「え……っ」

それを宗ちゃんにどう言おうか悩み言葉を詰まらせた私に、彼は言った。

「でも、たとえ結ばれても、二人は離ればなれになる運命だよね？　過去の山神様と、姫巫女様のように」

「……」

わかってる。それはよくわかってる。だから私は、それが怖くて銀夜の気持ちに応えられていないのだから。

けれど、どうして宗ちゃんがわざわざそんなことを言うのだろう？

そう思い視線を上げたら、宗ちゃんは思い詰めたような表情で私を見ていた。

「……宗ちゃん？」

「椛、僕は君に話があるんだ」

「……」

はっきりと強めの口調で言葉を紡ぐ宗ちゃんに、緊張感を覚える。私は宗ちゃんの話を聞かなければならない。

あの日……私たちがこの世界に来た日も、宗ちゃんは私に何かを話そうとしてくれていた。

きっと、宗ちゃんはそのときの話をしようとしている。

「僕は、椛にずっと言いたかったことがある」

「うん」

「僕は、僕はずっと……、椛のことが好きだった」

「――……」

思い切ったようにそう言った宗ちゃんは、まっすぐに私のことを見てくれていて。ぎゅっと握られている手は、微かに震えていた。

「椛が無事なら、それでいいと思っていたけど……でも、鬼を封印するために銀夜さんと結ばれるつもりなら、僕は――!」

「宗ちゃん……」

子供の頃からよく一緒に遊んでいた彼のことを、私も好きだった。女郎蜘蛛から私を逃がしてくれたことも、本当に感謝している。私にとって、宗ちゃんはかけがえのない人。

でもそれは、やっぱり友達としてで。

「……ありがとう。私も宗ちゃんには何度も救われてきたよ」

「それじゃあ……っ、一緒に帰ろう、椛! 山神様がいなくても、鬼を封印する方法はきっと――」

「でも、ごめんなさい。私は宗ちゃんの気持ちには応えられない」

「椛……」

私は大切な何かを忘れているような気がする。それがなんなのかはわからないけれど、宗ちゃんの気持ちに応えることはできない。

「こんなことに巻き込んで、本当にごめんなさい……。でも、宗ちゃんのことも愛琉のことも、絶対に元の世界に帰すから」

「……」

それだけは約束する。その思いが伝わるよう、宗ちゃんの目を見てまっすぐ伝えたら、彼はふっと力を抜くように小さく笑った。

「……そっか。知ってたよ、椛の気持ち。でも、どうしてもこの想いを伝えたかったんだ」

「宗ちゃん……本当にごめんなさい。でも、気持ちを伝えてくれてありがとう」

宗ちゃんの顔は、すっきりしているように見えた。私の返事をわかったうえで、それでも気持ちを伝えてくれたのね。宗ちゃんは、すごく勇気があるわ。

「僕に協力できることがあったら、なんでも言って」

「うん、ありがとう」

私も、銀夜と向き合わなきゃ——。

宗ちゃんに背中を押されたような気がした私は、改めてそう決心して、今度こそ部屋を出た。

◆約束だよ

「椛、少しいいか」

「うん。……？」

その日の夜。就寝前に銀夜に呼ばれた私は、彼の部屋を訪れた。

「まぁ、座れ」

まだ布団が敷かれていないことに、少しほっとする。

今はもう、彼が無理やり私と結ばれようとするとは思っていないけど、以前押し倒されたことがあるから。

正座をする私の向かいに、銀夜はあぐらをかいて座った。

「おまえ、宗太のこと構いすぎじゃないか？」

先ほどのことを言っているのだろうか。なんだか銀夜は不満げだ。

「……だって、宗ちゃんは鬼に囚われていて、怖い思いをしてたんだよ？　それにまだこっちの世界に慣れていないし」

「そうだが……いつまで面倒見る気だよ。あいつだって子供じゃないんだから、もう大丈夫だろう」

「でも、宗ちゃんは私のせいで」

「おまえのせいじゃない」

「私のせいだよ……！」

つい力が入って、大きな声が出た。銀夜は冷静に話してくれていたのに。

私は今でも自分のせいで宗ちゃんを巻き込み、危険な目に遭わせてしまったことを悔やんでいる。

「宗ちゃんは関係なかったのに。私と一緒にいなければこっちの世界に来てしまうこともなかったし、私を助けようとせずに逃げてくれたら、捕まることもなかったかもしれない」

宗ちゃんは今でも時々、先ほどのように鬼に囚われていたときのことを思い出し、恐怖に震える。

夜も眠れない日があるみたいだし、悪夢を見ることもあると言っていた。

こうして助かった今でもまだ、彼の中に恐怖は残っている。

その記憶は、もしかしたらこの先もずっと彼を苦しめ続けるかもしれない。

そう思い、ぎゅっと両手を握りしめて唇を噛んだ私に、銀夜は言った。

「おまえが『助けてくれ』と頼んだのか？　違うだろ。宗太は自分の意思で囮になった。自分の力では女郎蜘蛛を倒せないとわかっていたから、おまえを助けたくて、囮になることを選んだんだ」

「だから……、それは私のせいじゃない」

「違う。宗太がそうしたくてしたんだ。それをおまえがいつまでも気にしていたら、あいつだって辛い」

銀夜のまっすぐな視線からは、決して私を慰めるために言っていることではないと、伝わってくるけれど。

「……どうして銀夜にそんなことがわかるのよ」

私が宗ちゃんを構っていることに焼きもちを焼いているのかしら？　そう思って聞いた言葉に、銀夜ははっきり答えた。

「俺でもそうするからだ」

「え？」

「もし、自分では敵わないとわかる相手と対峙したら。自分の命に代えてでもおまえを守る」

「……」

当然のように即答された言葉を聞いた瞬間、私の心は一瞬にしてざわめいた。

銀夜は、ただ焼きもちを焼いて言ったのではないんだ。本当に、宗ちゃんのことを考えて言った言葉だということが、彼の真剣な表情から伝わってくる。

そして銀夜も、宗ちゃんと同じ気持ちなんだ。だからわかるんだ。

「俺は、おまえの幸せを必ず守る」

「……」

「三百年以上前から、ずっとそう決めている」

「……三百年以上前から？」

何を言ってるの……？

三百年以上も前に、私たちが出会っているはずないのに。

「やっぱり、覚えていないんだな」

「何を……？」

「……いや、いい」

「銀夜、どういうこと？」

口ではそう言ったけど、銀夜はなんだかとても切なそうに目を逸らした。何か言いたいことがありそうなのに、言えないように見える。

「ねぇ、銀夜。何かあるなら言って――」

そこまで言ったとき。突然銀夜に抱きしめられた。何も言わずに、ただ強く。

「……銀夜？」

「……」

とても驚いたけれど、嫌じゃない。銀夜の温もりには、犬の姿のときとは違うあたたかみがある。なぜだかとても落ち着く。

こうして人型の銀夜に抱きしめられるとすごくドキドキするけれど、同時にとても懐かしい感じがして、心が安らぐ。

私は銀夜に抱きしめてもらうのが、大好きだったような気がする。

「何度生まれ変わっても、俺はおまえだけを愛すと誓う」

「――え」

そんな、いくらなんでもそれは……。

「大袈裟、だよ……」

「……」

銀夜の切なげな視線も、声も、とても気になるけれど、窺うような視線を向けた私に「悪い」と小さく呟くと、銀夜は先に部屋を出ていった。

私は何か大切なことを忘れているような気がして、そのことがやけに気になっている。

「……銀夜、刀を置いていってるわ」

それがなんなのか思い出そうと頭を悩ませていたとき。ふと、銀夜の刀がそこに置いてあることに気づいた。

いつも大事そうに腰に差しているのに、部屋に置いたまま行ってしまうのは珍しい。

じっくりと観察してみると、その刀はかなり古いものであることがわかった。

大切に手入れされているようだけど、きっと何十年――何百年も前からずっと、山犬の当主となる者に受け継がれてきたのだろうと、想像できる。

柄のところに埋め込まれている白銀色の宝玉は、姫巫女様の力が宿った、山神様の宝玉。

「本当に、綺麗」

「……」

その宝玉の不思議な魅力に導かれるように刀を手にした私は、無意識に宝玉を撫で、刀をぎゅっと胸に抱いた。

「……っ！」

その瞬間――。

ぶわっと溢れ出るように宝玉から放たれた突然の閃光が、私の胸元に下げている勾玉を照らした。

共鳴するように輝く勾玉の赤い光と、宝玉の白銀が混ざり合い、その輝きの中に昔の記憶が一気に蘇ってくる。

まるで過去の私が今の私に語りかけるように、遠くの記憶が呼び覚まされていく。

「これは……、姫巫女様の――前世の記憶？」

――それはまだ、あやかしが二つの世界を自由に行き来していた頃。

のどかな山の中で巫女装束を着た私が、白銀色の長髪の男性に寄り添っている光景が浮かんだ。

その人はとても大きくて、あたたかくて、優しい人。

私はその人のことを心から慕っていて、大好きで。とても幸せだった。

顔にはもやがかかっているようではっきり見えないけれど、笑っているのがわかる。

私たちは、愛し合っていた――。

でも突然、場面が変わったかと思ったら、私たちは離ればなれになってしまった。

愛しいその人と繋がれていた手は、この世界のために離さなければならなかった。

鬼――黒鬼丸を、人間の世界に入らせないために。私は愛しいその人と別の世界で生きていくことを受け入れた。


〝ぎん――！　来世でまた、必ずあなたと結ばれたい――！〟

最後にその言葉を口にした瞬間、相手の顔が見えた。

「……銀夜――」

そう、その人は銀夜だった。

……ううん。正確には違う。彼の名前は〝ぎん〟。

銀夜の前世は、姫巫女《私》と一緒に鬼を封印した、〝ぎん〟だった。

そして私の前世は、姫巫女〝もみじ〟。

私たちは結ばれていた。そして、人間の世界を守るために、二人で黒鬼丸を封印した。

「私たちは、前世で愛し合っていた……」

それを思い出した途端、ツーっと頬を涙が伝い落ちた。

二人で分かち合った喜びや悲しみ、愛情や希望が混ざり合い、心を揺さぶる激しい感情の波が押し寄せる。

まるで、宝玉の中に閉じ込められていた記憶が勾玉の光と交わり、私の記憶を呼び覚ましたようだった。

「ぎん……、銀夜……！」

過去を思い出した途端、無性に銀夜に会いたいと思った私は、刀を抱きしめたまま走り出した。

彼に伝えなきゃ……！

私も彼も、ずっと生まれ変わる《このとき》のを待っていたのに——。

きっと銀夜はもう思い出していたのね。それなのに、私はずっと忘れていた。

ごめんなさい、銀夜。

「銀夜、どこ……？」

部屋を出て、縁側に行ってみるけど銀夜の姿はない。もうみんな寝ているはず。

玲生さんの部屋？　私の部屋ではないよね？

「……違う。きっとあそこだわ」

宝玉に尋ねるようにもう一度ぎゅっと刀を抱くと、〝その場所〟にピンときた。

過去の私と彼の思い出の場所——。

「銀夜……」

きっと銀夜は、その記憶を思い出しても私を焦らせないように黙っていてくれた。ずっと待ってくれていた。来世でもう一度結ばれると約束したのに。ずっと忘れていて、ごめんなさい。

会いたい。銀夜に早く会いたい――！

「――はぁ、はぁ……、銀夜……」

息を荒らげながら、彼がいるだろう場所へと急いで向かった。暗闇に包まれた木々の間を駆け抜けるうちに、心の中でずっと探し続けていたものをようやく見つけたような気がした。

彼は、やっぱりそこにいた。屋敷の裏手から出て少し行ったところにある、開けた場所で、ぼんやりと月を眺めていた。

あまりにも美しすぎる銀夜の横顔を見た瞬間、私の胸は熱く高鳴っていく。

「銀夜……」

彼の名前を呟く私の声は震えていた。彼が私に気づき、こちらを見つめる。

「椛」

彼の声が夜風に乗って私の心に届く。辺り一面に立つ紅葉したもみじが月明かりに照らされて、まるで燃えるように輝いて見える。

力を使おうとしたわけでもないのに、私の勾玉がふわりと発光した。

紅葉したもみじの葉の色は、勾玉の光に反応するかのように深みを増し、幻想的な美しさを放つ。

「ぎん……や」

風が優しく吹き抜け、もみじの葉がそよぎながら心地よい音を奏でる。

そんな中、白い寝間着に白銀色の美しい髪の銀夜が、まるで神様みたいに見えた。

この周辺一帯が神秘的な雰囲気に包まれている。

「やっと、会えたね」

「そんなに焦らなくても、俺はいなくなったりしない」

「もう、私の手を離さない？」

「ああ。今度は絶対離さない」

「……約束、だよ？」

彼とは昨日も今日も一緒にいたはずなのに。

愛しいその人に数百年ぶりに会えたような気がして、私の瞳からまた涙がこぼれそうになった。

「何度生まれ変わっても、俺が必ずおまえを見つけてやる」

「うん……、銀夜、大好き」

ついに溢れた涙を拭って彼に駆け寄ると、銀夜は嬉しそうに口角を上げて私を抱きしめてくれる。銀夜のあたたかさがじんわりと全身に広がるのを感じる。彼の胸に顔を埋めると、その鼓動が私の心に直接響くようで、私に安心感を与えてくれた。

「俺も。もう二度と離れない」

何も言わずとも、銀夜は私が前世の記憶を思い出したと、気づいたようだ。

銀夜が一緒なら、私はなんでもできるような気がした。

恐れるものは、もう何もない。

「待たせてごめんね？」

「おまえが思い出すまで、いつまでだって待つつもりだった」

「うん……ありがとう」

「椛、愛してる。三百年以上前からずっと――」

「……っ」

その言葉を聞いた瞬間、感情が高ぶって、私は言葉を詰まらせた。

ただ銀夜を見つめることしかできない私だけど、彼の瞳には燃えるような情熱が宿っていて、私の心をあたたかく溶かしてくれるようだった。

「……――」

紅葉したもみじが風に乗り、優雅に舞い踊る中、銀夜の唇が私の唇に重なった。彼の口づけが、私の全身を心地よい熱で包み込む。

ぎん、銀夜……大好き。

その想いが込み上げてきたと思ったら、胸の奥がどんどん熱くなって。自然と姫巫女の力が解放されたのだとわかるけど、全然苦しくない。辛くない。とても穏やかな気持ちで満たされ、落ち着いている。力が完全に覚醒したのだと、わかる。

唇を離すと、勾玉から放たれた光が宝玉に吸い込まれるように集まっていくのが見えた。

「……銀夜、これ」

「ああ……」

刀を受け取り、宝玉に目をやる銀夜。その瞬間、白銀の強い光が銀夜のことを包み込んだ。

「……っ」

「ぎん、や……」

一瞬、銀夜が〝ぎん〟に見えたような気がする。

……違う。銀夜は、山神様《ぎん》と同じくらいの力を得たんだ……。

「この力は……」

「もう大丈夫。もう一度二人で黒鬼丸を封印しよう」

不思議そうに自分の手を見つめる銀夜だけど、私にはわかる。

強い気持ちと力がみなぎってきて、今の私たちならなんでもできると思った。

「ああ」

強く頷く銀夜とともに見たもみじの葉は、私たちの気持ちに応えるように赤く染まっていて。

それはこの世のものとは思えないほど美しくて、見る者の心を癒やすような幻想的な光景だった。

◆激闘の末に

翌日、私の力が完全に覚醒し、銀夜も大きな力を得たであろうことを玲生さんたちに報告した。

そして夕食の後、私たちは改めて作戦を立てるため、居間に集まった。

「きっと今の私たちなら、黒鬼丸を封印できると思う」

「では、どのように黒鬼丸を封印するか考えなければ。奴の力がどれほど戻っているかはわからない」

それを聞いた玲生さんは冷静に言葉を紡ぐ。

愛琉と宗ちゃんは恐怖を隠せずにいるようで、緊張の色を顔に浮かべている。

みんなを危険な目に遭わせないためにも、私と銀夜で黒鬼丸の住処を攻めるのが、一番いい方法だろう。

「油断はできないよ」

「はい」

玲生さんの真剣な声色にごくりと息を呑み、そのときが近いことを覚悟した私たちだったけど――。

「！」

突然、銀夜が何かを感じ取ったように大きく反応して、立ち上がった。その目には緊迫した光が宿り、冷たい汗が額に浮かんでいるのが見えた。

「……銀夜？　どうしたの？」

「まずいぞ」

「え……？　銀夜、どこに行くの――」

言葉が終わる前に走り出した銀夜を追って、玲生さんとともに私も裏口から外へ出る。夜の静寂を破るように、心臓が激しく鼓動を打つ。

屋敷裏のもみじの木の前で足を止めた銀夜の前にいたのは、あの鬼――黒鬼丸だった。その姿は夜の闇に溶け込むかのように、空気を凍らせる威圧感を放っている。

「迎えに来たぞ、椛」

「……！」

余裕の笑みを浮かべている鬼を前に、ひやりと冷たい汗が背中を伝う。

以前と、明らかに何かが違う。黒いオーラのような妖力が鬼の周りに見える気がする。

対峙して、私にもわかった。

銀夜は最初からわかっていたようだけど、黒鬼丸も力を取り戻し、覚醒したのだと――。

「やっとおまえをこの手にできるときが来た」

「……私は、あなたのもとには行かない」

「ふふ……はは、ははははは――！」

女郎蜘蛛をやられて、怒っていると思ったのに。彼は高らかに笑った。

「何がおかしいの？　私はあなたの仲間《なかま》を祓《はら》ったのよ。あなたのことだって……！」

「あいつはそんなに使える奴ではなかったが、最後に俺の力を覚醒させる手助けだけはしてくれた」

「え……？」

覚醒する手助け？

あのとき黒鬼丸の姿はなかったし、そんな心当たりはない。けれど顔をしかめる私を見て、黒鬼丸はにやりと口角を上げた。

「おまえの力が覚醒したのを感じて動いてみたら、いいものを見つけた」

「……いいもの？」

「あいつの簪だ。おまえの血が付着していた」

「……！」

簪――。確かに私は、あの女の簪で太ももを刺された。でもまさか、その血を摂取して、黒鬼丸が力を得たというの……!?

「少量でもものすごい力がみなぎってきたぞ、椛。おまえを喰らったらどれほどの力が手に入るのだろうな」

「……っ」

「だが安心しろ。俺はおまえを喰わない。俺はただ、おまえが欲しいだけなのだから」

その言葉に、ゾクリと寒気がする。

この男は前世《昔》からそうだった。自分勝手で、強欲で。

「三百年以上経っているというのに、あなたは見た目も中身も全然変わっていないのね」

「椛……おまえも力に目覚めたのだろう？　俺のことを思い出したのか？」

「……そうよ」

「そうか、思い出したか!!」

黒鬼丸は歓喜に目を見開き、じり、と一歩こちらに歩み寄った。彼の目に映っているのは、今の私ではない。三百年以上前に自分を封印した、〝もみじ〟だ。

それでも彼の一歩一歩が私の胸を重くする。私にも前世の記憶が戻った今、彼に対する恐怖と怒りが心を満たしている。

「それ以上椛に近づくな！」

けれど私の前には銀夜がいて、黒鬼丸から私を守るように立ちはだかっている。

「俺はおまえのことをずっと追い求めていた……今もその気持ちは変わっていない。こうしてまた会えたのも運命だ。今度こそ俺のものになれ」

銀夜を無視するようにまっすぐに私だけを見て、三百年以上前と同じようなことを口にする黒鬼丸。

けれどその告白にはまったくときめかない。〝彼のことが好きじゃないから〟。理由はそれだけではない。

この男は今も昔も自分のことだけを考えているのだ。私のことが好きだというのも、私が姫巫女だからというだけ。黒鬼丸は私のことを愛してなどいない。

単に私の力が欲しいだけだということは、わかってる。

ただ、彼は姫巫女《私》に異常なほど執着している。

「さぁ椛、俺と一緒に――」

「嫌!!　私は銀夜と一緒に生きると決めた。だからあなたのような男《ひと》のものにはならない！」

いつまでもわかってくれない黒鬼丸に、はっきりと言い切った。

鬼という圧倒的な力を持った存在は怖いけど、その黄色く光る瞳をまっすぐに見つめて、はっきりと。私の心は震えながらも、決して揺らぐことはない。

「銀夜……？　ああ、この犬ころか」

「そうよ。私はいつの時代もあなたのものにはならない!!」

「……目障りな犬ころが、また俺の邪魔をするのか」

やっと銀夜を見たと思ったら、冷たく鋭い視線を彼に向け、ギリ、と奥歯を噛む黒鬼丸。尖った歯が露《あらわ》になる。

「聞いただろう、黒鬼丸。いい加減諦めろ」

「貴様のような子犬に俺たちの何がわかる。俺と椛は前世から繋がっている。椛が俺のものになるのは運命なんだ」

「わかっていないのはおまえだ。おまえには今も昔も大切な存在がいない。だからわからないんだろうな」

「……」

けれど、次の銀夜の言葉を聞いて、黒鬼丸は何かにピンときたように顔をしかめた。

「……ああ、そうか。貴様はあの男の生まれ変わりか」

「そうだ」

ようやくそのことに気がついた黒鬼丸は、もう一度にやりと口角を上げると、高らかに笑った。

「くくく……ふは、はーっはっはっは――ッ、そうか……ぎん。今度こそ貴様をこの手で葬《ほうむ》れるのか」

じり、と一歩ずつ近づいてくる黒鬼丸に、私の膝は震えそうになるけれど、深く息を吐いて呼吸を整え、強い気持ちで前を向いた。

「あなたは私たちが封印する」

「できるものなら、やってみろ」

黄色の瞳をぎらりと光らせ小さく笑うと、黒鬼丸が素早く動いた。彼の身のこなしは鋭利な刃のようで、迅速で無駄がなかった。

「……っ！」

「遅いな」

咄嗟に銀夜は刀を抜いて構えたけれど、黒鬼丸も目にも留まらぬ速さで刀を抜いていた。

「銀夜……！」

黒鬼丸の力強い一撃に、銀夜の身体が押される。

鬼はあやかしの中で最強種。姫巫女の力をもってしても、女郎蜘蛛のときのように朽ちさせることはできない。

だから弱らせて封印するしか、術《すべ》はない。

「おまえに椛をやってたまるか!!」

「貴様は椛がいなければ何もできまい。俺よりも弱いのだから、邪魔をするな、ぎん……ッ!!」

黒鬼丸の手から放たれた黒い炎が、銀夜の身体を吹き飛ばす。その炎はまるで生きているかのようにうごめき、銀夜に襲いかかる。

「ぐっ――！」

「銀夜……!!」

「さぁ椛、邪魔者はいなくなったぞ」

「……‼」

銀夜の痛々しい声に、胸が引き裂かれそうになる。それでもすぐに黒鬼丸の声が耳に届き、私の身体は凍りついた。

「させるか――――！」

私に手を伸ばした黒鬼丸だけど、油断したその一瞬の隙を逃さず、〝妖狐〟の姿を見せた玲生さんが、黒鬼丸に向けて黄色い炎を放つ。

「……ッ、貴様も俺の邪魔をするか……！　犬ころのように馬鹿ではないのだから、強い者に従えばよいものを」

「あのときの報いを受けろ」

「……なんだ、六年前に狐を殺したこと、怒っているのか？」

「……」

「妖狐はそんなに仲間意識の強い種族だったか？」

この男は、人やあやかしを殺すことをなんとも思っていない。邪魔であれば殺す。自分の欲望のためならば、なんだってする。

この男には大切な存在がいない。だから、家族や仲間を失う者の悲しみがわからないんだ。

「まぁよい。俺の邪魔をするのなら、貴様も殺すまでだ」

玲生さんの狐火ものすごい威力だったのに、力が戻った黒鬼丸にはあまり効いていない。

対抗するように、黒鬼丸は玲生さんにも真っ黒な鬼火を放った。

「……この野郎!!」

そんな黒鬼丸の背後から飛んできた銀夜が刀を振り被る。玲生さんも狐火を繰り出し、二対一で黒鬼丸を攻撃する。

「二人がかりでもこの程度か……下等種族は邪魔をするなッ!!」

「邪魔をしているのは自分だと、そろそろ気がついたらどうだ！」

「……なんだと？」

「何度振られたらわかるんだ。何年経っても、何度生まれ変わろうとも、椛がおまえを選ぶことはない!!」

「……ッ」

はっきりと言い切った銀夜に私も深く同意した直後、黒鬼丸は二人の攻撃をもろに食らって大きく弾き飛ばされた。

〝ズザザ――――ッ！〟

仕留めただろうか……!?

辺りに砂埃が舞い上がり、よく見えない。それでも私はすかさず黒鬼丸を封印すべく手を前に組み呪文を唱えようとしたけれど――。

「なぜだ……、どうして、おまえは俺のものになってくれないんだ……」

もみじの木にぶつかった黒鬼丸の上に、大量の赤いもみじの葉が舞い落ちる。

黒鬼丸はその葉をぐしゃりと力強く握りしめ、拳を震わせた。

「俺は力を手に入れた。俺が最強だ!!　なのになぜおまえは、またその負け犬なんかと……!!」

「……!」

彼の言葉が空気を切り裂き、激しい怒りが伝わってくる。カッと黄色い瞳を見開いて私を睨みつけると、黒鬼丸は空を仰いで叫んだ。

「ヴヴヴォオオオアアアッ――――!!」

「……っ、なんという声なの」

空気がねじれたのかと思うほどの叫び声に、身体が振動する。

その轟音は天にまで届き、地を揺らすようなすさまじいものだった。

バサバサと、近くの木々から逃げるように鳥たちが飛んでいく。

「認めぬ……絶対に認めぬぞ、椛!!　おまえは俺のものだッ!!」

黒鬼丸の身体がどす黒い妖気《オーラ》に包まれる。

そして、メキメキと額から二本の角が生え、爪も牙も伸びていく。

その姿はまさに〝鬼〟そのものだった。

この世の者とは思えないほどの、圧倒的なオーラと気迫に、身体が恐怖でぶるぶると震える。

心臓はばくばくとうるさく脈打っているし、恐怖が身体を支配して呼吸をするのも難しいほどだった。

鬼が最強種と言われる所以《ゆえん》がよくわかる。本能が、この存在に従えと言っている。従わなければ殺されると、感じ取っている。

でも、それでも私は……私たちは、負けてはならない。

「こっちに来い、椛!!　その負け犬は俺が喰ってやるッ!!」

「銀夜は負け犬なんかじゃない!!」

恐怖を振り払うように力強く叫ぶと、私の勾玉が気持ちに応えてくれるように赤い光を発した。

その光は私の身体を覆い、銀夜の刀の宝玉も共鳴するように白銀の光を放つ。

同時に玲生さんも妖力を全解放させ、黄色いオーラに包まれた。

「おまえの好きにはさせない……!!」

玲生さんが黒鬼丸に向かって手を伸ばすと、黄色い光となった妖力の塊《かたまり》が放たれ、黒鬼丸の身体を拘束する。

「今だ、椛さん!!」

「はいっ！　巫女の加護よ、我に力を与えん――」

玲生さんの合図に、私はすかさず呪文を唱えた。

けれど——。

「ふ……っ、確かに以前よりは力をつけたようだな。しかしこの程度の呪縛では、今の俺にはまるで藁《わら》のようだ」

「……っ!?」

黒鬼丸はそう呟くと、カッとものすごい量の妖力を解き放ち、簡単に玲生さんの拘束を解いてしまった。

「何……!?」

「貴様もあの狐たち同様燃やしてやる。骨すら遺さずにな」

「玲生さん……!!」

今度は黒鬼丸が玲生さんに向けて手を伸ばす。玲生さんは瞬時に結界を張ったけど、それ以上に妖力の高い鬼火が彼を攻撃する。

「……ぐあ——っ!!」

「玲生さん……!!」

「椛、駄目だ——!」

結界のおかげで直撃は免《まぬか》れたようだけど、勢いで後ろに弾き飛ばされた玲生さんに駆け寄ろうとした私の身体は、瞬時に飛んできた銀夜に包み込まれた。

「……っ!」

その直後、その場に黒鬼丸の手が伸びる。

銀夜に助けられていなかったら、私の身体は荒々しい黒鬼丸の手の中だっただろう。

「また逃げるのか？　負け犬が。だが椛は置いていけ。今の俺には、おまえの足でも敵わぬぞ」

「……っ」

黒鬼丸は余裕そうに笑っている。

少し距離を取ったところで私を下ろすと、銀夜は刀を構えた。

「まだ俺とやる気か」

「椛は絶対に渡さない」

「ふっ……いいだろう」

銀夜に応えるように、黒鬼丸も刀を構えた。刀身が黒鬼丸の妖力を受け、黒々と染まっている。あの刃を一撃でも食らえば、ひとたまりもないだろう。

「行くぞ――」

〝ガキィィイイイ――ッ!!〟

鋼《はがね》がぶつかり合う音が、闇夜に響いた。

銀夜の力強い一撃が、黒鬼丸の刀に撥《は》ね返される。それでも銀夜は冷静に目を凝らし、すぐに構え直した。黒鬼丸の攻撃をなんとか受け止めているけど、それだけで精一杯に見える。

「どうした？　おまえの気持ちはそんなものか」

「……くっ」

「その程度で俺に勝てると思っているのか」

「……まだだ！」

「俺の椛への気持ちはもっと強いぞ。どんな手を使ってでも、この手にするのだからな」

「……っ!!」

〝ゴォォオオ──ッ！〟

凄まじい音を立てて黒炎を燃え上がらせた黒鬼丸の刀に、銀夜が押される。

「殺してやろう、椛の目の前で。忌々しい山犬め」

「銀夜……!!」

このままでは銀夜が負けてしまう──！

そう思い、身体に力を入れたときだった。私の勾玉から放たれた一層強い光が、銀夜の刀身を覆っていく。

「なんだ、これは……!?」

その光は宝玉に吸い込まれていくように伸びていった。

そして黒鬼丸が怯んだ隙を見逃さず、銀夜は思い切り刀を振った。

「ぐあ──ッ!?」

銀夜から放たれた一撃は見事黒鬼丸の身体を切り裂き、同時にものすごい衝撃でその身体は後ろに弾き飛ばされた。

　このまま勝てる……？

　一瞬そう感じたけれど、銀夜もかなり息が上がっている。

「今のは効いたぞ……」

「……！」

　まだ動けるの……!?

　肩から血を流しながらも、黒鬼丸は身体を起こした。けれど、言葉通りかなり効いているようだ。このまますぐに追撃ができればいいのだけど、銀夜は荒い呼吸を繰り返しながら、がくりと片膝を地につけた。

「ん……？」

「ひっ！」

「愛琉……!!」

　そのとき。黒鬼丸が目を向けた先に立っていたのは、愛琉だった。彼女も外に出てきてしまったらしい。木の陰から隠れてこちらの様子を窺っていたようだけど、突然近くに飛んできた黒鬼丸を前に、ガタガタと震え上がり、動けずにいる。

「おまえ、何を持っている？」

「……！」

愛琉が何かを握っている。それに気がついた黒鬼丸は、彼女に手を伸ばした。

「や、やめろ……！」

「宗太君……!!」

「なんだ、小僧。まだ生きていたのか」

そんな愛琉を庇うように前に出たのは、宗ちゃんだった。彼はとても恐ろしい思いをしたから、黒鬼丸の姿を見るのも嫌なはずなのに。

愛琉を守るために――。

「そうだ、おまえを喰ってやろう」

「っ！」

「させるか！　食らえ、狐火!!」

愛琉と宗ちゃんが危ない！

そう思って駆け出した私だけど、二人の前にぴょんと飛び出して小さな炎を放ったのは黄太君だった。

黄太君も、妖狐だ。ボフッと音を立てて、その炎は黒鬼丸の顔面に直撃した。

「今のうちに逃げろ！　愛琉、宗太！」

けれど――。

「……ふん、効かぬな。退け」

黒鬼丸の顔は、火傷一つ負っていない。

「ぎゃっ！」

「黄太君……!!」

黄太君は簡単に頭を摑まれると、ひょいと投げ飛ばされてしまった。

「さぁ女、死にたくなければそれを俺に渡せ」

「……っ」

「だ、駄目だ……！　愛琉ちゃん、逃げて……！」

「宗太君……」

「小僧、震えているぞ？」

宗ちゃんは愛琉の前に出て両手を広げたけれど、膝が震えていて、それ以上は何もできない。

「……うわっ!?」

そんな宗ちゃんの足を摑むと、黒鬼丸は彼をずりずりと引き寄せた。宗ちゃんの身体は簡単に倒れ、黒鬼丸に引き寄せられていく。

「女！　それを俺に渡せ！　小僧を喰うぞ!?」

「宗太君……っ」

「渡しちゃ駄目だ、愛琉ちゃん……！」

足を摑まれ、いつ殺されてもおかしくない状況なのに、宗ちゃんは必死に抵抗しながらそう叫んだ。彼の強い心が伝わってくる。

「渡せ……ッ!!」

「……ひっ！」

駄目だ、宗ちゃんが殺されてしまう……！

両手を胸の前でぎゅっと握りしめながら、愛琉はガクガクと震える足で一歩ずつ後退した。

けれど、頭に響くような黒鬼丸の怒声に小さく悲鳴を上げると、愛琉はとうとうその場に尻餅をついて倒れた。

「愛琉、宗ちゃん、逃げて――!!」

「……っお姉ちゃん！」

黒鬼丸の意識は、宗ちゃんよりも愛琉が握っているもののほうにある。

転んだ愛琉を見て宗ちゃんから手を離すと、黒鬼丸は焦ったように愛琉へ手を伸ばした。

このままでは、二人とも危ない……！

せっかく宗ちゃんを黒鬼丸のもとから助け出せたのに。

愛琉だって、一緒に暮らした年月は短くても、たとえ仲がいい姉妹だったとは言えなくても、たった一人の私の妹。

――だから絶対に助ける!!

「受け取って、お姉ちゃん……!!」

そう思って全力で走っていた私に、ぽろりと涙をこぼした愛琉が叫び、手に握られていたものを思い切りこちらに投げ渡した。

手放したら、自分が危険だというのに――。

「小娘が……！　もういい、おまえを喰って力を手にしてやる……ッ!!」

「きゃぁっ！」

愛琉から投げ渡されたのは、あの勾玉だった。それを受け取ったのと同時に、二つの勾玉が目映《まばゆ》いばかりの光を放つ。

「――なんだ!?」

それからはもう、考えるでもなく、口が動いていた。

「光の力を我が手に――！」

私が唱えたのとほぼ同時に、ものすごい速さでこちらにやってきた銀夜は、迷うことなく黒鬼丸に刀を振り被っていた。

二つの勾玉から放たれた赤い光が銀夜の身体を覆い尽くし、刀に埋め込まれている宝玉の白銀と混ざり合う。

そうだ――。この勾玉は二つ揃って初めて本来の力を発揮するのだった。

「朽ちろ――!!」

「――――ッ!!」

赤と白銀の光が銀夜の身体を覆った途端、彼の髪がざわざわと伸び、鋭い爪と牙が生えていった。

目つきもいつもの彼とはどこか違う。

ああ、そうか。これが山神様の力を手に入れた銀夜の、真の姿なのね――。

赤と白銀の光をまとった銀夜の刀が黒鬼丸に振り下ろされる寸前。

黒鬼丸は叫んだ。

「なぜだ――なぜ俺はまた、ぎんに――――ッ!!」

銀夜の刀が黒鬼丸の身体を貫いた瞬間。

ふと黒鬼丸の黄色い瞳が私に向けられた。

黒鬼丸と目が合った、そのとき。

彼との記憶が、鮮明に蘇ってきた。

……そんな目をしても、駄目よ。私だって、あなたのことを許せないほど、憎んでいたのだから。

◆また、俺は――

なぜだ――？

なぜ、もみじは俺のものにならないんだ。

三百年以上前。

まだ俺たちが人間の世界とあやかしの世界を自由に行き来できていた頃――。

俺は毎日退屈していた。あやかしの世界は平和だったが、俺にはそれが物足りなかった。

俺は鬼。あやかしの中で最強種。あやかしにとって、力こそがすべて。

俺にはこんなに力があるのに。このように平和な世界では、力があってもなんの意味も成さない。

かつては、あやかしも人と同じように権力を欲し争っていたことがある。

しかし、鬼に敵う者はいなかった。

鬼に匹敵する妖力を持つあやかしは存在しない。だから奴らは今でも俺に敵わないと、本能的に知っている。

しかし、それはとてもつまらない。

俺はもっと、力を誇示したいのだ。

「退屈だなぁ……ぎん」

「そうか？　平和でよいではないか」

「犬ころは呑気《のんき》だな」

この男、山犬の当主のぎんも、俺には及ばない。しかし、こいつはよく俺に話しかけてくる。こんな犬ころごとき、一瞬でどうにでもできるが……こいつは何かと面白い話を持ってくる。

「……ではおまえも人間だけの世界に遊びに行ってみるか？」

「人間だけの世界？」

あやかしの世界にも人間は存在する。人間はとても弱くてすぐに死んでしまう、下等な生き物。故に俺たちを恐れ、この山には入ってこない。俺は、そんな弱い人間にはなんの興味もなかった。

「そう。あやかしはいない、人間だけが暮らす世界だ」

「そんなところに行って、何が面白いというのだ」

「向こうの人間は知恵が豊富で、面白い者が多いぞ」

「……ふぅん」

その頃、俺とぎんはまだ、いがみ合ってなどいなかった。

友人というものがどんな存在《もの》かは知らないが、顔を合わせれば普通に会話をするような関係ではあった。

そんなぎんに誘われて、俺は人間の世界とやらに足を踏み入れた。

……そうだ。思えばそれがすべての始まりだった。

ぎん、俺がこうなったのは、おまえのせいではないか――。


「もみじ」

「あら、ぎん。今日も来たのね」

「……」

人間の世界で、俺は一人の女に出会った。

巫女の衣装を身にまとった、長い黒髪に白い肌が特徴的な、美しい女に。

「こいつは黒鬼丸。鬼だが、そんなに悪い奴ではない」

「そんなに、というのが気になる言い方だな」

「ふふっ、ぎんがお友達を連れてくるなんて珍しいわね」

「友ではない」

「ははは！　照れるな、黒鬼丸！」

女は人々の心を癒やし、落ち着かせる不思議な力を持っていた。そのためみんなに慕われていた。人間にも、あやかしにも。

そして俺も、そんな女――もみじの不思議な魅力に惹かれていった。

俺はもみじに会うため、ぎんとは別に毎日人間の世界に通うようになった。

しかし、それで気づいてしまったのだ。もみじがよく、ぎんと二人きりでいることに。

もみじがぎんを見つめるその視線は、特別なものだった。他の者には見せない、熱い視線。

ぎんもまた、もみじに同じような視線を向けていた。ぎんは若くして山犬の当主になったが、嫁をとっていなかった。

あやかしは、一度添い遂げる相手を決めたら一生その相手を想い続ける。

俺には同族がいないし、鬼の寿命は千年とも言われているため、焦って子孫を残す必要がない。簡単に負けることもないほど強いので、これまでそんなことを考えたこともなかった。

だが初めて、俺はあの女《もみじ》が欲しいと思った。

もみじは俺にはない力を持っている。俺ともみじが結ばれれば、最強ではないか。そして何より、あの眼差《まなざ》しを俺にも向けて欲しいと願った。

俺を見て欲しい。

俺の隣にいて欲しい。

もみじが欲しい。

俺はもみじが好きなのだ――。

「ぎん、おまえ、あの女とはどういう関係だ」

「あの女？」

「人間の巫女だ。よく会っているだろう」

「ああ、もみじのことか。彼女には山犬《うち》の若いのを助けてもらったことがあってな」

「助けてもらった？」

「彼女には傷を癒やす力があるんだよ」

「……へぇ」

ぎんはその礼に、もみじが暮らす村で悪さをしていた害獣を捕まえてやったらしい。

それから二人はよく会うようになったのだと言った。

しかし、もみじには心を癒やすだけではなく、傷まで癒やせる力があるのか。

それは、ますますもみじが欲しくなるというものだ。


「女——もみじ！」

「はい？」

「おまえには傷を癒やす力があるそうだな」

「ええ、どこか怪我をしたの？」

「違う。おまえを俺のものにしたい」

そこで俺は、ぎんがいないときを見計らい、もみじにこの想いをまっすぐ伝えに行った。

他に方法など知らぬ。まどろっこしいことは好かん。だから率直に、はっきりと伝えたのだが。

「……私を、あなたのものに？」

「そうだ。俺と一緒に来い。恐れる必要はない、俺は人を喰わぬからな」

「……そう。でもごめんなさい、私はあなたのものにはならないわ」

「なぜだ」

もみじは俺を拒んだ。最強種であるこの俺を拒むなど、考えられないことだった。

「人にはね、心というものがあるのよ」

「心？」

「そう。あなたが私を欲しいと思うように。私にも、自由な心がある」

「……俺の心の望みは叶えてくれぬのか」

「その一方的な望みは叶えられないわ」

「俺は鬼だぞ？　誰よりも強い」

「そんなことは関係ないの」

「……」

関係ない？　なぜだ。強い者は魅力的だろう？

鬼の中には、過去に人を喰い、村を滅ぼした者もいたという。だから人間であるもみじは、俺が怖いのだろうか?

俺はそんなことをしたことはないし、する気もないというのに。

しかしこの辺りには俺の他に鬼はいないから、人間が俺を恐れるのも無理はない。

人間は、くだらない言い伝えを熱心に信じる生き物だからな。

＊

その日も、俺はもみじに会いに行った。

俺が恐ろしい存在ではないとわかれば、もみじも俺の気持ちに応えてくれるはずだ。

そう思い、可能な限り会いにいった。

「──もみじ様~! 見てください、綺麗なお花が咲いていました!」

「あら、本当ね」

そのときもみじの周りには、人間の子供がいた。

「退け」

「わっ!」

邪魔だと思い押し退けたら、その子供が転んで泣いた。そんなこと、俺の知ったことか。

「もみじ、今日も会いに来たぞ」

「僕のお花が……、もみじ様にあげたかったのに……っ、うわ～ん！」

「うるさいな」

「ちょっと、黒鬼丸……！　その足を退けて!!」

「ああ？」

わざわざ来てやったというのに、もみじは俺よりもその、転んだガキに駆け寄った。

言われて足下を見ると、そこら辺に咲いているような、なんでもない花が落ちていた。

名前も知らぬ、雑草だ。俺が踏んだようだが、どうでもいい。

「そんなことよりもみじ、今日こそ俺と一緒に来い」

「足を退けて！」

「……」

鋭く睨みつけてくるもみじに、なぜそんなに怒っているのか疑問に思いながらも、俺は足を退けた。

「ごめんなさい、せっかく摘《つ》んできてくれたのに……でも大丈夫、ほら見てて？」

「……もみじ様？」

すぐにその花を拾うと、もみじは泣いていたガキの前にボロボロになった花を掲げ、目を閉じた。

「わぁ……！　すごい！」

途端、もみじとその花の周りを、ふわりと赤い光が包んだ。

そして、もみじの手の中にあったボロボロの花は、活き活きと蘇った。

「これが、おまえの力か……！」

なんと素晴らしい。この力があれば……もみじが俺のものになれば……！

俺はもみじとともにこの世でもっと最強の存在となれる。伝説とされている山の神にもなれるだろう。

もみじが力を使うのを目の当たりにして、俺の中であやかしの血がざわざわと騒いだ。

「ますますおまえが欲しい！　もみじ、俺のものになれ!!」

興奮のまま、改めてこの想いを伝えたが、もみじからは冷たい視線が返ってくるだけだった。

ぎんに向けるような熱く優しい視線を俺に向けてくれることはない。

「お断りします」

「――なぜだ」

「私は、あなたのような勝手な人のものにはならない」

「……」

俺を鋭く睨むと、もみじは「行きましょう」と言ってガキどもを連れて俺の前から立ち去った。

なぜだ、なぜなんだ。
俺のどこが勝手だというのだ。
こんなに熱心にもみじを想っているというのに。
なぜもみじはそんなに怒っているのだ。
わからない。わからない――。

それからも俺はもみじを自分のものにするため、人間の世界に通い続けた。
俺にはにこりとも笑わないもみじが、やはりぎんにはとびきりの笑顔を向けていた。
あの二人が日々仲を深めていく様子に、無性に腹が立った。
なぜ、俺よりも弱いあんな犬ころにもみじは優しくするのだ。
俺のほうが強いということが、わからないのか――？
力こそがすべてだ。
力の強い者が生き、弱い者は死んでいく。
だというのに、もみじはなぜそれがわからぬのだ……!!

「もみじ――」
「またあなたなの？　何度来ても、私はあなたのものにはならないわ」

「おまえが俺のものにならないと言うのなら、人間を喰ってやる」

「え――？」

「この世で一番強いのは誰か、おまえにわからせてやろう」

「なんてことを――!!」

そのとき、初めてもみじが俺の目を熱心に見つめてくれた。

ぎんに見せる眼差しとは違うが、とても焦っている。もみじが、俺のことで熱くなっている。

それだけでも、俺は嬉しかった。

「そんなことをしたらあなたを許さない!!」

「では俺のものになれ。俺と一緒に来い」

「嫌よ！　力でねじ伏せようとしたって、無駄よ！」

「……そうか」

それでも俺に屈しないもみじに、その夜、見せしめにもみじの父親である神社の宮司を喰ってやった。

人間は初めて喰ったが、これまでどんな獣を喰ったときよりも力がみなぎってきた。

人間など下等で弱いだけの生き物だと思っていたが、意外といい養分になるらしい。

過去に鬼が人を喰っていたのも、頷ける。

とにかく、これでもみじは俺に従う。そうせざるを得ないはずだ。

そう思ったのだが、翌日、父の残骸を見たもみじは怒り狂い、泣き叫んだ。

「黒鬼丸……！　おまえはなんということを――!!」

そして、朝からもみじに会いに来たらしいぎんまで、俺を否定した。

同じあやかしだというのに……ぎんはもみじと一緒にいすぎて、人間に毒されてきたのではないか？

「なぜ怒る……なぜ泣く。俺と一緒になれば悲しい想いはさせぬぞ」

「黒鬼丸、おまえは取り返しのつかないことをした……！　俺がおまえをこの世界に連れてきたばかりに……!!」

「ぎんには感謝している」

「おまえは俺がこの手で葬り去ってやろう」

「何？　……おまえが俺を葬り去るだと？　笑わせるな」

山犬は群れをなす。理由は、弱いからだ。弱いから、大勢いなければ敵に勝てぬのだろう。

だが俺には仲間など一人もおらぬ。

そんなものは必要ないからだ。俺は一人でも、十分強いのだ。

「もみじ、俺と来い。俺はおまえより先に死んだりせぬぞ」

「……許さない。私は、あなたを絶対に許さない……!!」

「そんなに怒るな、もみじ。俺がおまえを一生愛してやる。父などいらぬではないか」

まったく、ここまで頑《かたく》なだと溜め息が出る。

そもそも俺には、生まれたときから父などいなかった。

一人でも生きてこられた。

特別な力を持つもみじにも、そんな存在《もの》は必要ないではないか。

「私はこの先も一生、たとえ何度生まれ変わっても……、絶対にあなたのものにはならない……!!」

「……なぜだ」

なぜ……なぜ……。

なぜわからぬ。なぜ俺を拒む……ッ!?

涙に濡れるもみじの瞳は、俺を全力で拒んでいた。

「わからないのなら、俺が教えてやろう、黒鬼丸」

「……そうか、おまえのせいか。おまえが俺たちの邪魔をしているのだな」

無謀にもこの俺を殺そうと刀を抜いたぎんに、俺も応えた。

やはりこいつは友ではない。俺に友など必要ない――。

力は俺のほうが上だった。

しかし、ぎんを仕留める寸前、後ろで何かを唱えたもみじから発せられた赤い光が、ぎんの身体を包み込み、俺の刀は弾き飛ばされてしまった。

その刹那《せつな》、俺は見た。

ぎんの刀に埋め込まれている宝玉から白銀の光が放たれ、奴の妖力が増したのを。

俺より下等な山犬のくせに、俺よりも強い力を得ただと——!?

もみじのせいか。

これはもみじの力か——。

俺は、ぎんに負けたのではない。

もみじの姫巫女の力によって、封じ込められたのだ。

「還ろう、黒鬼丸」

「——ッ」

俺は強制的にあやかしの世界にある祠へと引きずり込まれた。

最後に二人が手を握り合い、「来世でも必ず結ばれる」と誓っていた言葉が耳について、憎悪が増した。

もみじがいつも胸元に下げていた二つの勾玉から放たれた赤い光に包まれ、意識を失っていく最中、思った。

俺は死んでいない。なんぴとたりとも俺を殺すことはできぬ——。

いつか封印を解いて、もう一度もみじを《おまえ》……今度こそ、この手に——ッ!

＊

――しかし、俺はまた負けたのか……。また、あの二人に敵わなかったのか。

なぜだ、もみじ。

俺はこの数百年、おまえだけを想っていたというのに。

おまえは今でも、俺を怒っているのか？

今でもあの男が、好きなのか――。

「――黒鬼丸。おまえは間違っている」

ぎんの生まれ変わり――銀夜と言ったな。

意識が薄れゆく中で、俺を貫いた銀夜の言葉が耳に響く。

「俺が、間違っているだと……？」

「わからないのだな。力があるが故の孤独……。おまえはかわいそうな男だ」

「……」

俺がかわいそうだと？　最強であるこの俺が、かわいそうなはず――。

「だが俺はおまえを許さない」

「……」

銀夜の鋭い言葉と視線は、〝ぎん〟を彷彿《ほうふつ》させるものだった。

こんな若い犬ころに、この俺が負けるとは――。

だが、身体に力が入らん。姫巫女《椛》の力か。三百年以上前と同じ感覚だ。

「黒鬼丸……姫巫女の名のもとに、再びあなたを封印します」

「……」

もみじの声はいつも心地よかった。

怒っていても、泣いていても、たとえ俺を拒んでいたとしても――。

このままずっと聞いていたくなるような、澄んだ声。

「邪悪なる者よ、我が巫女の神聖なる力を前に消え去れ。光の加護により永遠の闇へと還れ――！」

もみじの力を浴びることができるのなら、それはそれでよいかもしれぬ。

封印されている間、俺はずっともみじを感じられるのだから。

もみじが死んでも、俺は死なない。

ぎんが死んでも――銀夜が死んでも、俺は死なない。

ならば孤独な数百年を、もみじの力の中で過ごしたい。

封印されるというのに、それでももみじの力は心地よい。

好きだ……俺はおまえが好きなのだ、もみじ。

俺はただ、一度でいいからあの優しく熱い眼差しを俺に向けて欲しかった。

もみじと一緒にいたかった。

だが、椛の声は、やはり俺を拒んでいた。

「また、俺はおまえをこの手にできなかったのか――」

◆今度は絶対

さすがは、最強種といわれている鬼――。

女郎蜘蛛のときのように、完全にその存在を消滅させることはできなかった。

けれど黒鬼丸を包み込んだ赤と白銀の光は、彼を祠に運び、その身体を縛りつけた。

「また、俺はおまえをこの手にできなかったのか……」

最後にそう呟いた黒鬼丸は、静かに目を閉じ、眠るように脱力し、無になった。

シン――と、した静寂が辺りに広がっていく。

まるで何事もなかったかのように、ざわざわと風に揺られた真っ赤なもみじの葉が舞い、世界は動いている。

「これで、また数百年は眠ってくれるのね」

「ああ」

でも、またいつかこの封印も解かれてしまう日が来るのかしら。

三百年以上前のあの日――。

もみじ《私》は人間だけの世界に残り、ぎん《彼》は黒鬼丸を連れてあやかしの世界に行った。

そして、二度と二つの世界が繋がらないよう、互いの世界の封印を守ってきた。

ぎんは山神様となり、鬼をも凌ぐその偉大な力で。

そして私は、お腹の中にいたぎんとの子にその力を引き継がせ、代々封印を守らせてきた。

母も、祖母も、そのずっと前の祖先たちも。人間の世界で封印を守ってきた。

けれど人間の血が濃くなれば、その分力は薄くなってしまうのかもしれない。私はもみじ様の生まれ変わりだったせいか、強い力を覚醒することができたけど……。

それに山神様とはいえ、山犬である銀夜も、いずれ黒鬼丸より先に寿命が尽きてしまう。

だからもしまた鬼が封印を解いたら――再び人間の世界に危険が及ぶかもしれない――。

＊

その後、姫巫女の祈りで玲生さんたちの傷は回復した。

銀夜もすぐにいつも通りの姿に戻ったけれど、翌日になっても内に秘めたる妖力の強さが消えることはなかった。

やはり銀夜は、鬼以上の力――山神様ほどの力を手に入れたということだ。

「椛――」

黒鬼丸を封印した翌日の夜。

私は銀夜より先に縁側に座って空を仰いでいた。ぼんやりと、この先のことを考えながら。

そこにやってきた銀夜が私の隣に腰を下ろして、あぐらをかく。

「なんだ、眠れないのか？」

「待ってたよ、銀夜」

「……」

いつものように軽い口調で笑った銀夜に、私は真剣な声で答える。

黒鬼丸を封印した。私たちの目的は果たした。だから私は、銀夜と話をしなければならないと思った。

「そんなに、俺と二人きりになりたかったのか」

「おばあちゃんやお父さん……宗ちゃんのご両親や愛琉の友達もみんな、きっと心配していると思う」

「……そうだな」

銀夜は尚もおどけるようなことを言ったけど、私とこうして過ごす時間が貴重だと悟ったのか、神妙な顔つきになった。

「わかってる。おまえはこの世界の人間じゃない。愛琉も、宗太も。これまで向こうで過ごしてきた時間がある。俺だってそれくらいわかってる」

「……」

まるで自分に言い聞かせるみたいにそう言った銀夜だけど、しっぽがしゅんと垂れている。

「帰るなら早いほうがいいんだろう？　おまえがしたいようにしたらいい」

「銀夜……」

「その代わり、今夜はずっと俺と一緒にいてくれ」

「……うん」

言いながら、銀夜は私を抱きしめた。

私も銀夜の背中に腕を回して、強く抱き返す。

〝わかってる〟口ではそう言いながら、銀夜はこのまま私を一生離さないのではないかと思ってしまうくらい、きつくきつく私を抱きしめている。

けれど彼は前世の記憶も思い出しているから……人間だけの世界を、知っている。

三百年以上前となると、今の世の中とはだいぶ違うと思うけど。

それでも彼は、人間《私》と愛し合った、唯一のあやかしだと思う。

だから人間の気持ちに寄り添おうとしてくれる、とても優しい人。

「……今度生まれ変わってくるときは、おまえもこっちの世界にしろよ」

「そうだね……」

また、来世の約束をしてしまった。

でもきっと、私は何度生まれ変わっても銀夜を好きになる。

何度生まれ変わっても、銀夜に会いたい。また、あなたと結ばれたい――。

そう強く願いながら、私たちはその夜をともにした。

＊

「――きっと、この勾玉の力を使えば元の世界に戻ることができると思う」

翌朝。朝食を食べた後、私たちは裏庭に出た。

二つの勾玉を握りしめ、私は一人一人、みんなの顔を見つめる。

「そうだね。また数百年後にどうなるかわからないが、それまでの間に俺たちも力を付けておく。だから椛さんたちは安心して元の世界に戻って」

私の言葉に、玲生さんが優しく同意した。

代々姫巫女《もみじ》様の家系で宝具として大切にされてきたこの勾玉があれば、またいつでも二つの世界を繋ぐことができるだろう。

けれど、それは二度と起こしてはならない。

「椛……愛琉、宗太……、本当に人間だけの世界に帰っちゃうのか？」

そんな中、黄太君が寂しそうな視線を向けて、私たちを見上げた。

「黄太君、鬼から私のことを守ってくれてありがとう、すごく格好よかったよ。私、元の世界に戻ってもみんなのこと忘れないから……！」

「あ、当たり前だろう！　おれは妖狐だからな！」

愛琉がそう言って黄太君に視線を合わせて屈み、彼の頭を撫でる。

黄太君は大きな瞳に涙を浮かべつつも、強がるように腕を組んだ。

「玲生君もありがとう！　教えてもらった料理、帰ったらお父さんに作ってあげるんだ！」

「ああ、ぜひ」

愛琉は、この世界に来て本当に変わった。これからもずっと、強く生きてくれることを願う。

「それじゃあ、そろそろ行こうか、椛。きっとおばあちゃんもとても心配しているね」

「……そうだね」

宗ちゃんの言葉に、私は小さく頷く。

おばあちゃんは誰よりも心配しているはず。私も、おばあちゃんに会いたい。

……でも、きっとわかってくれる。

ずっとあの地で、封印を守ってきたおばあちゃんなら、きっと――。

「椛……」

「銀夜」

朝までずっと一緒にいた銀夜が、ふと私の名前を呼んだ。

銀夜は、山神様になれた。黒鬼丸も封印したし、仇は討った。

目的は果たされたのに、とても寂しそうな顔をしている。

もう私がいなくてもいいはずだけど。でも、私は――。

「愛琉、おばあちゃんのこと、お願いね？」

「え……？」

「おばあちゃんの言うことをよく聞いて、元の世界に帰っても、好き嫌いはなるべくなくそうね」

「お姉ちゃん、まさか帰らないつもり？」

「……うん」

「!!」

愛琉の言葉に静かに頷くと、みんなは驚いたように目を見張った。

「どうして……っ、せっかく、お姉ちゃんと仲良くなれたのに……っ！　これから一緒に買い物に行ったり、カラオケしたり……、色んなことして遊ぼうと……っ」

途端にうるうると瞳に涙を浮かべて泣き始めてしまった愛琉だけど、彼女はもう大丈夫。

「今までお姉ちゃんらしいことをしてあげられなくてごめんね」

「私のほうこそ……っ、我儘ばっかり言って……、ごめんなさい……っ」

「私はこれからも、こっちの世界から封印を守る」

「……お姉ちゃんっ」

私の覚悟を感じ取ってくれたのか、愛琉はそれ以上何も言わずにただ「うわーん」と声を上げて泣いた。

そんな愛琉を、宗ちゃんが慰める。

「愛琉ちゃん、泣かないで？　椛も悩んで決めたことだと思うよ」

「でも……、私はまた、独りぼっちになっちゃう……っ!!」

「大丈夫、愛琉ちゃんは独りじゃない。おばあちゃんがいるよ。それに、僕だって」

「……宗太君」

宗ちゃんは、私が残ることを予想していたのかもしれない。

「宗ちゃん、愛琉のことをお願いね」

「うん、安心していいよ」

「ありがとう。愛琉、あなたには向こうの世界から、封印を守って欲しいの」

「え……っ？」

ひっくひっくと、まだしゃくり上げている愛琉だけど、宗ちゃんの言葉に落ち着きを取り戻してきている。

だから、彼女に私から最後のお願いをする。

「二つの世界が二度と繋がらないように。おばあちゃんの跡を継いで欲しい。お願いできる？」

「そんなの、私には無理だよ……！」

「今の愛琉にならきっとできるわ。あなたにも私と同じ血が流れているのだから」

「でも……っ」

「愛琉、お願い」

愛琉は恐怖に打ち勝って、私に勾玉を渡してくれた。鬼を目の前にして、とても怖かったはずなのに。あのときの愛琉はとても勇敢だった。

向こうにはおばあちゃんもいるし、こっちからは私が絶対に封印を守ってみせる。

だからきっと大丈夫。

「……お姉ちゃんっ」

「愛琉、泣かないで」

子供みたいに、またぽろぽろと涙を流し始めた愛琉を抱きしめると、彼女もぎゅっと抱きついてきた。

愛琉は、親の愛情を知らずに育ってしまったけれど……根は悪い子じゃない。

「わかった……、私頑張る……っ」

「ありがとう……おばあちゃんによろしくね」

「うん……っ、任せて！」

ずずっと鼻を啜りながらも、顔を上げてまっすぐ私の目を見て頷いてくれた愛琉に、彼女なら大丈夫だと確信して片方の勾玉を渡す。

「銀夜さん、椛のこと、よろしくお願いします」

「あ、ああ……、もちろんだ」

宗ちゃんに言われてはっとした銀夜だけど、私が残ると聞いて、この中で一番驚いているのは銀夜のようだ。

「それじゃあ、世界を繋ぐね？」

「うん……っ」

「お願い、椛」

二人に確認して、私は勾玉を握り、唱えた。

「光の加護よ、我が呼びかけに応え、世界を繋ぐ道を拓《ひら》け――！」

その途端、ぱぁ――っと辺りを目映い光が包み込み、あのときのようにぶわっと突風が吹いた。

辺り一面に立つもみじの木から、赤い葉がまるで妖術のように舞い落ち、踊る。

「……行ったようだな」

「うん……」

もみじの葉の乱舞が落ち着くと、そこに二人の姿はなかった。

きっと無事、元の世界に戻れているはず。


「――椛、おまえは帰らなくて本当によかったのか？」

先に屋敷へ戻っていった玲生さんと黄太君を見送ってからも、私と銀夜はしばらく紅葉したもみじを眺めていた。

この景色は本当に美しくて、時の流れを忘れてしまいそうになる。

「約束したじゃない」

「？」

ふと問われた質問に、私は銀夜に寄り添いながら、笑って答える。

「今度は絶対離れないって」

そうしたら、銀夜も嬉しそうに微笑んで私を抱きしめてくれた。

「そうだな。約束だ」

風が吹くたび舞い散るもみじの葉の中で、私たちは世界の垣根を越えて今度こそ離れないよう、固く固く、愛を結んだ。

番外編①

もみじとぎん

◆もみじとぎん

その人は、とても美しい白銀色の髪をしていた。

その髪は、まるで月光が降り注ぐ夜の静寂をそのまま纏ったかのようで、風に揺れるたびにやわらかな光を放っていた。

絹糸のようになめらかな長髪は彼の背中まで流れ落ち、見る者の心を奪う。

彼の瞳は、深い海の底に隠された宝玉のように青く輝いていた。異なる次元から来たのだとわかるくらい神秘的で、吸い込まれそうなほどに魅惑的だった。

その視線が私に向けられた瞬間、全身が震えた。

直感で、この存在こそが神だと思ってしまうほどに、彼は人間離れした美しさと気品を持っていた。

彼を見た瞬間から、私の世界は彼を中心に回り始めたのだった――。

＊

この世界には、時折〝あやかし〟と呼ばれる人ならざる者が現れる。

人々はその得体の知れない存在を恐れていたが、あやかしの中に悪さをする者はほとんどいなかった。

過去に〝鬼〟と呼ばれた大男が人を喰らい、一つの村を滅ぼしたという恐ろしい伝説が語り継がれているものの、私はそのような恐ろしいあやかしを見たことがない。

私の家はこの村の奥にある小さな山の中腹にあり、父と二人で小さな神社を守っている。

父は宮司、私は巫女として、村の人々の心の拠り所となっている。

神社は小さいながらも、村の人々に尊ばれ、親しまれていた。


今日も神社には人々が訪れていた。

「――もみじ様、本当にありがとうございます」

「いいえ。また何かあったら、いつでも来てくださいね」

「はい。もみじ様の神通力は本当によく効きます」

私には生まれながらに不思議な力があった。

それは人々の怪我や病気を癒やす力。神社に代々伝わる勾玉を握りしめ、祈ることで、人々の身体と心が癒やされるのだ。

今日は畑仕事で腕を怪我した男性を治癒した。彼は大変感謝して帰っていった。

最近、村の畑が大猪に荒らされて困っているという話を耳にするようになった。捕まえようとしたところ、逃げられて怪我をしてしまったというのだ。

村の人々は大猪の被害に悩まされ、途方に暮れていた。なんとかしたいと思ったけど、私の力ではこの問題を解決することは難しい。

……どうしたらいいのかしら。

自分の力の限界に、少しだけ無力感を抱く。

でも、村のためにできることがあるならば、私はそれを全力で行いたいと思った。

それが私の使命であり、私がここにいる意味なのだから。


そんなある日の夜。

「――あなた、あやかしね？」

「ヴ～……ッ」

寝る前に門の鍵を確認していると、神社の裏手に大きくて白い犬が倒れているのを見つけた。

近寄ってみると、それは犬というにはあまりにも大きく、爪も牙も鋭い獣だった。

これは、山犬のあやかしだわ――。

犬の周りには、微かに妖気のようなものが漂って見える。私は慎重に近づきながら話しかけた。

「あなた、怪我をしているのね」

山犬は私を警戒し、低い唸り声を上げたけど、右の前脚からは血が流れていた。

この傷は……。

「畑に入って、罠を踏んでしまったの？」

「……」

そっと話しかけながらゆっくり近づいていくと、山犬は警戒しつつも私を受け入れてくれた。

「大丈夫。今治してあげるから、いい子にしていて？」

「……」

私は胸に下げている二つの勾玉を握り、傷を癒やすよう祈りを送る。

「癒やしの光よ、この者の傷を癒やし、痛みを和らげよ――」

山犬は痛みが和らいだのか、静かに鳴いて応えた。

「……くぅん」

「治ったかしら？」

山犬がぺろぺろと自らの前脚を舐めると、そこに付着していた血が消えた。傷が塞がっていることがわかった。

「よかった……」

あやかしにも私の力が効いたことにほっと胸を撫で下ろし、山犬に一歩近づいた瞬間――。

〝ぶわ――っ〟

「……！」

突風が巻き起こり、土埃が舞い上がった。一瞬目を閉じた私が再び目を開けると、そこには背の高い男性が立っていた。

彼は、一瞬にしてこの場に現れたのだ。

白銀色の長髪に、同色の犬のような耳としっぽ。青い瞳に、変わった柄の着物と刀。その姿はあまりにも神秘的で美しかった。

「あなたは――」

私は思わず問いかけた。その男は、まるで神様のように見えたから。

犬神様――？

「大丈夫か？」

「……くぅん」

「そうか……」

男は私を一瞥《いちべつ》し、山犬と会話のようなものを交わすと、再びこちらを振り返った。

「彼の傷を治してくれたそうだな」

「は、はい……」

「礼を言う」

「……いいえ」

意外にも、その男は頭を下げて感謝の意を示した。犬耳としっぽが生えているけれど、その所作はとても美しく、洗練されている。まるで高貴な身分の人間のようだ。

「……あなたは、神様？」

「俺が？」

顔を上げた男を見上げて問うと、彼はきょとんとした表情を見せた後、豪快に笑った。

「はっはっはっ！　俺が神なはずなかろう！」

「……」

「俺の名はぎん。山犬の当主だ」

「ぎん……」

神秘的な外見に反して、その笑顔はとても人懐こく、親しみを感じた。

「そなたに礼がしたい。何か困っていることがあったら言ってくれ」

「……困っていること」

私には特に困り事はなかった。だから何もないと言おうとも思ったのだけど、ぎんの後ろに控えている山犬をもう一度見て、口を開いた。

「近頃村の畑を荒らす大猪が出て、村人が困っております。その子も、大猪を捕まえるための罠にかかってしまったようで」

「大猪か……なるほど、わかった。それでは一晩時間をくれ」

翌日、ぎんは約束通り私の前に現れ、彼の足下には大猪がどんっと置かれていた。

「畑を荒らしていたのはこいつだろう？」

「……本当に捕まえてくれたのね」

みんながあれほど苦労してもどうにもできなかった大猪を、なんとも簡単に……。

「ああ、これで確かに礼はしたぞ」

「……待って！」

大猪を置いて、そのまま踵を返そうとしたぎんを呼び止める。

「なんだ、まだ何かあるのか？」

「今日は猪鍋にするわ。みんなに振る舞うから、よかったらあなたも食べていかない？」

「猪鍋？」

その後、村の者たちに大猪が捕獲されたことを伝えると、神社の境内で宴が開かれることになった。

大猪を捕まえてくれたのが山犬の当主であるぎんだと伝え、彼を紹介すると、みんなぎんにとても感謝した。

あやかしというのは恐ろしいものではない。ぎんのようなあやかしもいる。

みんなにもそれがわかれば、人間とあやかしはともに協力し合って生きていけるかもしれない。それはとても素晴らしい世界だと思う。

「……美味いな」

「そうでしょう？　あなたはいつもどんなものを食べているの？」

「捕まえた獲物を適当に」

「適当に？　ふふ、それじゃあまたいつでも食べに来て？」

「……いいのか？」

「ええ、今度はもっと美味しいものをご馳走するわ」

「それは楽しみだ」

きちんと下処理し、味噌で味付けした猪鍋を食べて、ぎんは感動していた。

あやかしは、人間よりも食にこだわっていないのかもしれない。そこは獣に近く、〝食べられればいい〟という考え方なのかもしれない。

けれど見た目は人間に近いのだし、味覚もあるのだから、きちんと料理されたものを美味しいと感じるのは人間と同じようだった。

それからぎんは、よく私に会いに来てくれるようになった。

私はこちらの世界の話をし、ぎんはあやかしの世界の話をしてくれる。

この世界とは別に、あやかしが住まう世界というのがあって、彼らはそちらの世界からやってきているのだということがわかった。

そちらの世界にも人間はいるけれど、交流はないらしい。

だからこちらの人間の話をすると、ぎんはとても面白がった。

「もみじと話をするのは楽しいな。それに、こちらの人間は知識が豊富で、退屈しない」

「私もあなたの話を聞くのは楽しいわ」

「もみじ様~！　あっ！　ぎん様だ！」

「わ~！　ぎん様！　今日もいらしてたんですね！」

「遊びましょ~、ぎん様！」

「ははは、そう慌てるな。俺はいなくなったりせぬ」

ぎんは人間と触れ合うのが好きなようで、村の子供たちからも慕われていた。一緒に追いかけっこをしたり、魚の捕り方を教えたりして、よく遊んでくれた。

あやかしであるだとか、人間であるだとか、住んでいる世界が違うだとか……そんなことは関係なかった。

ぎんは優しくて、思いやりのあるあやかしだった。

私の人生において、このときが一番幸せで、平和な時間だった。

そう、私はいつの間にか、ぎんのことが好きになっていた――。

「――もみじ。今度、そなたに俺の世界を見せてやろう」

「あやかしの世界を?」

「ああ、俺の家に遊びに来てくれ」

「ぎんの家に? 行ってみたいわ」

「うちの近くに、たくさんのもみじの木がある。その場所は紅葉するととても美しいんだ」

「それはぜひ、見てみたい」

もみじの木が紅葉するまで、まだひと月ほどあった。けれど私はその日が来るのが待ち遠しくて、とても楽しみで。毎日幸せな気持ちで過ごした。

＊

そんなある日。ぎんが珍しく、別のあやかしを連れてやってきた。

彼は黒鬼丸という名の、人間そっくりな姿をした、鬼だった。

見たことのない、恐ろしい妖力を纏った黒鬼丸を一瞬警戒したけれど、彼はぎんの友人のようだし、私たちが言い伝えで知っている〝鬼〟とは違うという。

それでも隠し切れない禍々しい妖気は少し恐ろしかったけど、話はできるし、なんといってもぎんが連れてきたあやかしを無下にできず、この世界に彼を受け入れてしまった。

それが悲劇の始まりだとも、知らずに。

それからひと月が経ち、紅葉の季節を迎えた。

約束通り、ぎんは私をあやかしの世界へ連れていくと、彼の家の裏にある、もみじの木がたくさん生えている場所に案内してくれた。

「さぁ、もみじ。見てごらん」

「……なんて美しいの」

その場所はまるでもみじの山だった。無数の大きなもみじの木の、その葉は真っ赤に紅葉していた。これほど多くのもみじの木が群生しているのを、私は見たことがなかった。

秋の深まりを感じさせる冷たい風が吹き、もみじの葉がさらさらと音を立てる。空を覆うように広がる紅葉の天蓋《てんがい》、その下に広がる落ち葉の絨毯。

見渡すかぎりの紅色が、夢の中の景色のように幻想的で、息を呑むほどの美しさだった。

横を見ても、見上げても、下を見ても。そこは一面、真っ赤なもみじの葉で埋め尽くされ、まるで不思議な世界に迷い込んだようだった。

「もみじと一緒にこの景色を見られる日が来ようとは」

ぎんの声には、感慨深さが滲んでいた。彼の横顔を見ると、深く青い瞳が紅葉の景色を映して輝いていた。

「また来年も、再来年も、この先もずっと……あなたと一緒にこの景色が見たいわ」

「……もみじ」

好き、好きよ。ぎん。

種族も、世界も越えて……。その日、私とぎんは結ばれた。

ぎんの温もりを感じながら、私は彼の愛を全身で受け止めた。


――けれどその後間もなく、暴走した黒鬼丸を封印するために私たちは離ればなれとなり、別の世界で生きていくことを余儀なくされた。

二度とこの世界に黒鬼丸のようなあやかしを入れないために、私たちの世界を繋ぐ扉は閉ざされた。

二つの世界が二度と繋がらないように、互いの世界から封印が破られることのないように――。


ぎんは黒鬼丸をこちらの世界に連れてきたことを、とても後悔していた。自分のせいで、私の父は死んだのだと、私を傷つけたと。その瞳には深い悔恨が宿っていた。

でも、あなたは悪くない。私はあなたからたくさんの素敵な宝物をもらったの。

あなたの優しさ、愛情、そして一緒に過ごした幸せな時間。それは私の中で永遠に輝き続ける宝物。

私はこの想いがぎんのもとまで届くよう、毎日勾玉に祈り続けた。勾玉を握りしめ、ぎんへの愛と感謝を込めて――。

お腹の中にいるぎんとの子にも、そのまた子にも、その先も――。

私はずっと、あなたの想いを守り続けてみせるから。あなたとの約束を、私たちの未来を、私は諦めない。

そしてまたいつか私が生まれ変わることができたら、あなたと――。

もみじの木の下で再び出会い、今度こそ永遠の愛で結ばれたい。

番外編②
彼との未来

◆彼との未来

愛琉と宗ちゃんが元の世界に帰って、ひと月ほどが経った。

私もこちらでの生活にはだいぶ慣れてきたし、今でも銀夜と玲生さん、黄太君と四人で楽しく暮らしている。

銀夜や黄太君が獲物を狩ってきてくれて、玲生さんと私で料理をして。四人でちゃぶ台を囲んで賑やかに食事をし、みんなで一緒に洗濯をしたり、掃除をしたりするのも楽しい。彼らは私にとって家族のような存在。

おばあちゃんや愛琉たちが元気にしているか、時々気になることもあるけれど……きっと彼女たちなら大丈夫。私はそう信じている。

あれから黒鬼丸の封印は解けていないし、他の悪しきあやかしにも遭遇していない。

便利な電化製品の類いはないけれど、銀夜たちの妖力のおかげで助かることも多い。彼らの妖力で火を使うこともできるし、怪我をしても私の力で治すことができるので、不自由さは感じない。

……ああ、なんだかとても平和だわ。このまま何事もなく、四人で変わらずずっと、仲良く暮らしていけるといいなぁ――。

「椛、今夜こそ俺の部屋に来い！　一緒に寝るぞ！」

「……なっ⁉」

そんな私の平穏は、銀夜が放った言葉で一瞬にして崩れ去る。

就寝前の団欒の時間だったのに。玲生さんと黄太君も聞いているというのに、銀夜ったらなんてことを言うのかしら……！

「な、何言ってるのよ……！」

「結局昨夜も俺の部屋に来なかっただろ？　俺たちはもう結ばれてるんだから、一緒に寝るのが普通――」

「そうかな？　別に結婚したわけじゃないし、これまで通り別々でいいと思う‼」

「あっ、おい、椛……！」

玲生さんと黄太君の視線に耐えられなくなった私は、逃げるようにその場を離れた。

銀夜って、相変わらずデリカシーがないのよね。わざわざ二人がいるところで言わなくてもいいのに……！

でも、玲生さんも黄太君もきょとんとした顔で、あまり気にしているようには見えなかった。

私一人が恥ずかしくなって、逃げてきてしまったけれど。

「あやかしのそういう価値観だけは未だによくわからないのよね……」

あやかしは人間よりも一途で、〝この人〟と決めたらその相手と一生添い遂げるというけれど……。

もしかして、銀夜たちからすれば同じ部屋で寝ることくらい、普通のことなのだろうか。

まだ結婚していないと言っても、そもそも婚姻届もないこの世界では、何をもって夫婦となるのだろう。

結婚式……祝言を挙げて、神様の前で永遠の愛を誓うのかしら？

でも、銀夜は山神様なわけだし。

「……なんだかよくわからなくなってきた」

銀夜は見た目は人間に近いけど、山犬でもある。……山犬の結婚って、何!?

そういうことを気軽に相談できる相手もいないし、ここには私の他に女性がいない。

「はぁ……そのことだけは悩ましいわ」

＊

翌日のお昼過ぎ。

「玲生さん、どうしましたか？」

「椛さん」

昼食の片付けを終えて黄太君と洗濯物を干していたら、玲生さんが声をかけてきた。銀夜は狩りに出ている。

「実は今日、山を下りて町に行く予定なんだけど、よかったら椛さんも一緒にどうかと思って」

「町に行くんですか!?」

この世界にも人間はいる。完璧に人の姿をしている玲生さんは、時々町に下りて必要なものを調達しているのだとか。

「ああ、椛さんの気分転換にもなると思うんだ」

「ぜひ！　ご一緒させていただきます!!」

そういうわけで、私と玲生さんは二人で町に下りることになった。

銀夜には黄太君から伝えてもらうことにしたけど、夕食の前には戻るから大丈夫と、玲生さんは言っていた。

「――すごいですね、あっという間に山を下りてしまうなんて……」

「はは、こう見えても俺は妖狐だからね。妖術は得意なんだよ」

玲生さんは、見た目は人間にしか見えないのに本当にすごい力を持っている。

今も、外に出て「俺に摑まっててね」と言われたかと思ったら、ぐわっと辺りを突風が吹き、目を閉じた一瞬の間に山の麓まで移動していた。

一体どんな妖術を使っているのかしら……？

私の頭の中では、昔話で見るような、狐が頭の上に木の葉を乗せて、どろん！　と消えてしまう姿が想像された。

もちろん、玲生さんは頭に木の葉を乗せてなんていないけど。

それから少し歩いて、私たちは町までやってきた。

この世界で初めて見る人間たち。私が住んでいた世界の人たちと見た目は変わらないけれど、ほとんどの人が着物を着ていた。

中には洋服の人もいるし、女性は髪を結い上げている人もいれば、下ろしている人もいる。

男性は短髪の人が大多数を占めているけど、玲生さんのように髪の長い人もいるようだ。

人々の髪の色も黒だけではなく、金色や茶色、緑がかった色や青みがかった色も見られる。

そういうところも、私の知っている〝日本〟とは違い、ここが異世界であることを思い知らされた。

街並みは明治・大正風で、日本の伝統的な風景と西洋の影響が融合した独特の景観。

建物は木造家屋が多いけど、洋館や石造りの建物もある。

玲生さんが向かった商店街では、古風な木造の店と石造りの西洋風の店舗が混在している。

菓子屋、履物屋、薬局、洋服店などが軒を連ね、賑やかな雰囲気だ。

「……」

「珍しいかい？　この世界の風景は」

「あっ……すみません」

思わずきょろきょろと辺りを見回してしまった私に、玲生さんが小さく笑って尋ねてくる。

「ううん。椛さんが暮らしていた世界とは、随分違うんでしょう？」

「はい、まるで時代劇で見るような世界観です。それとも少し違うんですけど」

「そうか。こちらの世界の人間は、古くから鬼や悪しきあやかしを恐れ、それらの存在に対抗するための信仰や儀式が重視されていた。だから椛さんが暮らしていた、あやかしが存在しない世界の人間とは、文明の発達に違いが出たのだろう」

「なるほど……」

「妖狐が祀られているのも、鬼の脅威から守ってもらうためだしね」

玲生さんの言う通りかもしれない。

鬼や悪しきあやかしに襲われたら、普通の人間ではきっと敵わない。だから神様や妖狐のような強いあやかしを崇めているのだろう。

私がいた世界より、科学技術の発達が遅い理由はきっとそれだ。

その分、姫巫女様——もみじ様のような、特別な力を持つ人間が生まれることもあるようだけど。

「まぁ、本当に鬼を封印したのは、姫巫女様と犬神——山犬なんだけど」

「そうですね」

銀夜も、初代の山神様であるぎん様も、誰が鬼の脅威からこの世界を救ったのかなんて、気にしていないのだろう。

その代わりもみじ様は、私たちの村で山神様の話を語り、代々受け継いできた。

「だいぶ慣れてきたとはいえ、椛さんはまだこの世界に完全に慣れたわけではない。だから、無理はしなくていいからね」

「……はい、ありがとうございます」

それから、玲生さんとはお店をいくつか巡り、お団子を一本食べて帰ることにした。

何か目的のものがあったわけではないようだから、きっと私を町に連れ出すことが目的だったのだろう。

やっぱり玲生さんは、あやかしの中では人の気持ちをわかってくれる、優しい方だわ。

人間ですら、私が暮らしてきた世界の人と違うんだもの。あやかしである銀夜とすぐにわかり合えるはずがないわよね！

「椛さん、元気になってきたね」

「はい！　おかげ様で」

「銀夜はまっすぐすぎて少し言葉が足りないけど、話せばわかってくれるから」

「そうですね！」

過去の記憶が戻ったとはいえ、私は私だし、銀夜は銀夜だ。〝もみじとぎん〟ではない。

帰ったら、もう一度私の気持ちをちゃんと話そう。そして銀夜の気持ちもしっかり聞こうと思う。

「――椛!!」

一通り町を見て回り、日が暮れる前に私たちは屋敷に帰った。玄関を開けたのと同時に、銀夜が飛び出してくる。

「……どうしたの、銀夜。そんなに慌てて」

「黄太に聞いたが、玲生と二人で出かけてたんだってな?」

「うん、玲生さんが気分転換に私を町に連れてってくれた」

「なんで俺を誘ってくれないんだ!!」

「……はい?」

帰宅した私に、銀夜が飛んできたかと思ったら開口一番その言葉。

「俺だってもう耳もしっぽも隠すことができる! おまえを町に連れていってやることも可能だ!!」

「……そうなんだ。それじゃあ、また今度、お願いしようかな」

「今度っていつだ!? 玲生と町を見て歩くのは楽しかったか!?」

「……」

楽しかったけど……それを正直に答えたら、銀夜の機嫌は更に悪くなるような気がする。

今は人の姿をしているけれど、焼きもちを焼いて拗ねている犬にしか見えない。

「玲生！　てめぇも抜け駆けしやがって！　許さねぇぞ!!」

「銀夜、おまえの心配するようなことは何もない」

牙を剝き出して〝ヴ〜〟と唸っている銀夜をあしらうように息を吐いて、玲生さんは「夕食の支度をしてくるよ」と言いその場を後にした。

「あの野郎……。明日はあいつの魚は捕ってきてやらねぇ」

「……」

子供っぽいことを呟いた銀夜に苦笑いしてしまったけれど、素直に焼きもちを焼いている姿はちょっとだけ可愛く見えてしまう。

「銀夜も、本気で怒ってるわけじゃないでしょう？」

「いいや、俺は本気で怒ってる」

「……」

どこまで冗談か本気かわからないけれど、たぶんそんなに怒ってない。というか、今は本当に怒っていてもこの機嫌はすぐに直る。

そこが銀夜のいいところだ。

「今度は、銀夜が町に連れてってね」

「明日行くぞ」

「え、明日？　……まぁ、いいけど」

「玲生より、俺のほうが楽しませてやる」

「ふふっ、楽しみにしてるね？」

そう言って微笑めば、銀夜の機嫌も次第によくなってきたのか、彼のしっぽがふぁさりと揺れる。その揺れ方がまるで喜びを隠し切れない犬のようで、私は思わず笑みを深めた。

「それじゃあ私も、夕食作りを手伝ってくるから――」

「待て」

銀夜の機嫌が直ったところで調理場へ向かおうとしたけれど、そんな私の手を銀夜が摑み、引き止められる。

彼の手はあたたかくて力強く、心なしかドキドキしてしまう。

「おまえ、何か食ってきたか？」

「……うん、お団子を――」

くん、と匂いを嗅ぐような仕草を見せる銀夜のほうを振り向いた、直後。彼の顔がすぐ近くにあって、その青い瞳が私をじっと見つめていた。

思わず息を呑んだ瞬間、銀夜の顔が更に近づいてきた。

そして、〝ぺろり〟と唇を舐められる。

「みたらしか」

「…………は？」

何が起こったのか、一瞬理解できずに呆然とする私を前に、銀夜は満足そうに笑っていた。その笑顔は無邪気で、それでいてどこか挑発的だった。

「じゃあ明日はおしるこだな」

「…………」

突然のことにびっくりして固まってしまった私を置いて、銀夜は満足そうに口角を上げて立ち去る。

その姿を見送る間も、私は顔が真っ赤になっているのを感じた。彼の行動があまりにも大胆で、心臓がバクバクと音を立てている。

夜になっても、その瞬間のことが頭から離れない。銀夜の温もり、彼の瞳の輝き、そしてあの唇に触れた感触が、何度も何度も襲ってくる。

明日、銀夜と町に行くことを思うと、嬉しさと同時に緊張が込み上げてくる。

「……明日は、どんな一日になるんだろう」

銀夜と過ごす時間が、今から楽しみで仕方ない。

けれど、彼が言うようにこれからの二人の未来のことを考えると……ドキドキして眠れそうになかった。

『あやかしの守り姫巫女は犬神様の花嫁
鬼を封じる愛の結び』

キャラクターデザイン集

コミカライズの作画担当・亜和美央斗先生による
キャラクターデザイン資料を特別公開！

銀夜《ぎんや》

椛が転移した世界に住む、山犬のあやかしの現当主。
封印が解かれた鬼を再び封じるため、山神になることを望んでいる。

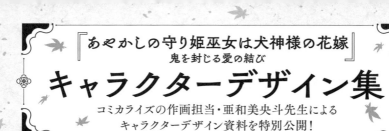

椛《もみじ》

あやかしが住まう世界に
転移した少女。
かつて鬼を封印した
姫巫女の血を引いている。
転移した先で突然
銀夜から求婚される。

宗太《そうた》

椛の幼馴染。
椛と一緒に、
あやかしが
住まう世界に
転移してしまった。
椛のことが好き。

愛琉《あいる》

椛の妹。
幼少期は椛と離れて
暮らしていた。
椛とは対照的で、
派手な女の子。
宗太のことが好き。

黒鬼丸《こっきまる》

鬼のあやかし。三百年以上前に、ぎんともみじによって封印された。しかし六年前に、封印が解けて復活。椛を執拗に狙う。

刀

蓮華《れんげ》

女郎蜘蛛。黒鬼丸に特別な感情を抱いており、行動をともにしている。

玲生《れい》

狐のあやかし。銀夜と一緒に暮らしている。
黒鬼丸と戦った際、銀夜に助けられた過去を持つ。

黄太《こうた》

玲生の弟。物心がつく前に、黒鬼丸に両親を殺されている。
強くて優しくてかっこいい兄に憧れている。

コミカライズに関する続報は、
編集部公式Xなどにて随時公開予定です！
連載開始をお楽しみに！

あとがき

こんにちは、結生まひろです。

この度は『あやかしの守り姫巫女は犬神様の花嫁～鬼を封じる愛の結び～』をお手に取っていただき、誠にありがとうございます！

私は普段、貴族令嬢ものの異世界恋愛を書くことが多いのですが、今作で初めて和風ファンタジーあやかしものを刊行していただけて、大変嬉しく思っております!!

元々あやかしものが好きなうえ、犬系ヒーローも大好きなので、私が書くならヒーローは犬神様だな。と思い、格好よさの中にわんこ的な可愛さもある銀夜と、そんなわんこ銀夜を手なずけるちょっぴり気が強くて優しいヒロイン、椛が生まれました。

この作品では、敵である黒鬼丸もお気に入りキャラクターの一人です。本当に悪い奴ですが、彼視点を書きながら、孤独な中で生きてきた黒鬼丸もかわいそうな男だな……。と、しみじみ思いました。

特典SSで黒鬼丸視点のお話を一本書かせていただいたのですが、もっともっと彼の活躍を書いてみたくなりました。（いつか機会があったらいいなぁ）

再び封印された黒鬼丸ですが、今度こそ本当に反省してくれることを、椛や銀夜と一緒に、私も心から願っております。

また、私は紅葉しているもみじの葉も大好きで、和ものを書くなら紅葉のシーンを絶対に入れたい！　と思い、プロローグシーンや椛の名前を決めました。(発売が秋だなんて嬉しすぎます!!)

表紙にももみじの葉を入れてくださり、とっても素敵なイラストを描いてくださいました、ボダックス先生、ありがとうございます!!

担当編集様と私の、念願のボダックス先生に担当していただけて、二人で大喜びしました。お忙しい中本当にありがとうございます！

そして本作は、亜和美央斗先生によるコミカライズが決定しております！　皆様、亜和先生が描いてくださったキャラクターデザイン、ご覧になられたでしょうか？　私は拝見した瞬間、大興奮でした。男性キャラがとっても格好よく、女性キャラ(と黄太)がすごく可愛く、本当に本当に本っっっ当〜〜に素敵で、私も今からとっても楽しみです!!　ぜひぜひ一緒に楽しみにしていてくださると嬉しいです！

最後になりますが、いつもお世話になっている担当編集様、編集部の皆様、本作の制作、販売に携わってくださいましたすべての方に感謝申し上げます。

ここまで読んでくださり、本当にありがとうございます！

またお会いできることを心より願っております。

二〇二四年十月吉日　結生まひろ

PB Fiore
尊い二人を応援必至の
まったりのほほん
ラブコメディ♥
婚約破棄…?
追放…?
喜んで!!
追放された騎士好き聖女は今日も幸せ
真の聖女らしい義妹をいじめたという罪で婚約破棄されたけど、
憧れの騎士団の寮で働けることになりました!
[著]結生まひろ
[イラスト]いちかわはる
好評既刊！

PB Fiore
新婚生活も波瀾万丈!?
癒やしのハートフルラブ第2巻♥
もふもふキュートな
ぬいぐるみに
新しいお友達がやってきた♪
［婚約者に浮気された直後、
過保護な義兄に「僕と結婚しよう」
と言われました。①~②］
［著］結生まひろ　［イラスト］月戸
結生まひろ

この本を読んでのご意見・ご感想・ファンレターをお待ちしております。
〈宛先〉　〒104-8357　東京都中央区京橋3-5-7
（株）主婦と生活社　PASH!ブックス編集部
「結生まひろ先生」係
※本書は「小説家になろう」（https://syosetu.com）に掲載されていたものを、改稿のうえ書籍化したものです。
※この作品はフィクションであり、実在の人物・団体・法律・事件などとは一切関係ありません。

PASH!ブックス

あやかしの守り姫巫女は犬神様の花嫁

2024年11月11日　1刷発行

著　者　結生まひろ
イラスト　ボダックス
キャラクター原案　亜和美央斗
編集人　山口純平
発行人　殿塚郁夫
発行所　株式会社主婦と生活社
〒104-8357　東京都中央区京橋3-5-7
03-3563-5315（編集）
03-3563-5121（販売）
03-3563-5125（生産）
ホームページ　https://www.shufu.co.jp
製版所　株式会社二葉企画
印刷所　大日本印刷株式会社
製本所　株式会社若林製本工場
デザイン　ナルティス（栗村佳苗）
編集　星友加里

　ISBN978-4-391-16389-6